STRIP-TEASE
POUR OSS 117

DU MÊME AUTEUR
AUX ÉDITIONS ARCHIPOCHE

Atout cœur à Tokyo
Gâchis à Karachi
OSS 117 prend le maquis

JEAN BRUCE

STRIP-TEASE POUR OSS 117

roman

ARCHIPOCHE

Première édition :
Presses de la Cité, 1962.

Notre catalogue est consultable à l'adresse suivante :
www.archipoche.com

Éditions Archipoche
34, rue des Bourdonnais
75001 Paris

ISBN 978-2-37735-512-9

1

Ce qui permet au sage souverain et au bon général d'agir, de vaincre et d'accomplir des choses hors de la portée de l'homme ordinaire, c'est la préconnaissance.

Sun Tzu

La porte à double battant s'ouvrit sous l'effet d'un choc brutal. Un homme coiffé d'un calot blanc déboucha comme une fusée, sur une trajectoire horizontale, puis se posa sans douceur sur le ventre et sur le trottoir. Il y eut un éclat de voix à l'intérieur, aussitôt suivi d'un choc sourd. Les deux battants de la porte, qui s'étaient refermés sous l'action des ressorts de rappel, se rouvrirent avec la même violence pour livrer passage à un autre homme qui arrivait en marche arrière, à une vitesse grand V, les talons décollés du sol. Ce deuxième homme tomba assis sur le dos du premier qui hurla de douleur.

La porte se referma bruyamment. Deux secondes plus tard, elle s'entrebâilla juste assez pour laisser sortir un calot blanc qui, sous l'effet du vent qui soufflait du nord, décrivit un arc de cercle et m'arriva en pleine figure.

Je saisis le calot au vol, alors qu'il retombait, et l'examinai. C'était un calot de marin américain, qui portait le nom d'un destroyer de l'US Navy. J'allais le rendre à son propriétaire lorsque celui-ci, propulsé par un coup de reins de l'autre, se retrouva miraculeusement debout devant moi. Il me traita de « *son of a bitch* », ce qui peut se traduire par « fils de putain », et voulut me frapper au-dessous de la ceinture.

Mes réflexes jouèrent instantanément. Mon bras gauche faucha le bras droit de l'agresseur, déviant le coup vers l'extérieur. Je continuai de pivoter sur le même mouvement tout en levant mon coude droit qui percuta sans douceur le menton du marin.

L'autre, qui achevait de se relever, reçut pour la seconde fois son copain sur le dos. Ils retournèrent ensemble au trottoir.

— Cessez de faire les cons, dis-je gentiment. Je ne suis pour rien dans vos malheurs.

Ils se désempêtrèrent et se retrouvèrent assis l'un près de l'autre, me dévisageant avec surprise. Il faisait assez sombre, malgré l'enseigne au néon allumée au-dessus de l'entrée du dancing. Néanmoins, ils purent se rendre compte qu'ils ne m'avaient jamais vu auparavant.

— Qui c'est, ce type ? questionna l'un d'eux.

— Je vous avais pris pour le tôlier, expliqua celui qui avait voulu me frapper.

Je lui lançai son calot. Il l'attrapa, l'enfonça sur son crâne, jusqu'aux oreilles. Puis il se frotta le menton.

— Qu'est-ce qui s'est passé ?

Ils se relevèrent en prenant appui l'un sur l'autre. Ils étaient mal assurés sur leurs jambes et tenaient visiblement une sacrée cuite.

— Y avait un mec qui nous plaisait pas. Il avait une sale gueule…

Ils prirent tous les deux un air buté et me considérèrent par en dessous, se demandant peut-être si ma tête leur plaisait ou pas.

— Vous êtes un compatriote ? demandèrent-ils ensemble.

— Oui… Je suppose que vous avez fait toutes les boîtes de la ville ?

— Pas toutes. On est arrivé ce matin, alors c'est notre première soirée. On doit rester à Rotterdam pendant toutes les fêtes de fin d'année…

— Vous avez fait des boîtes à strip-tease ?

— Ouais…

— Vous avez peut-être vu une fille qui s'appelle Isa Belle, en deux mots.

Ils se regardèrent, firent la moue.

— Nous, vous savez, les noms, on s'en balance. C'est plutôt les fesses qui nous intéressent.

Je souris.

— Merci quand même, les gars. Et bonne fin de soirée.

— On va essayer.

Ils pivotèrent sur leurs talons et partirent, bras dessus, bras dessous, vers le carrefour de Gravendijkwal et de Rochussenstraat où se trouvait une station de taxis.

J'eus un frisson, car le vent qui soufflait en rafales était glacé et pénétrant. Une automobile passa, ses pneus chuintant sur l'asphalte humide. Un chien, immobile entre les rails de tramways, au centre de l'avenue, m'observait. Ses yeux étincelèrent comme deux miroirs dans la lumière des phares de la voiture.

Je poussai les battants de la porte et franchis le seuil. Il y avait un vestibule carré et à droite, au fond, un couloir assez large dont tout un mur était tapissé de portraits d'artistes. Du côté opposé aux portraits, une grosse fille blonde, assise sur un, comptoir, bavardait avec le préposé au vestiaire, un type entre deux âges, vêtu de sombre, qui me lança un regard aigu.

Je me mis à regarder les photos. Il y en avait bien une centaine, mais je n'examinai que les plus récentes et seulement celles qui représentaient des femmes, lisant les noms imprimés dessus. Il n'y avait pas ce que je cherchais, mais je décidai d'entrer quand même et d'interroger le barman.

Le préposé prit mon manteau et mon chapeau et me donna un ticket. Il n'était pas aimable, mais cela m'était bien égal. J'entrai dans la salle, vaste et sombre. Il y avait un orchestre et quelques couples dansaient un cha-cha sur la piste. Le bar était à droite, dans un renfoncement. Je m'y rendis et m'installai sur un tabouret. Il y avait peu de monde dans la salle et un seul autre client au bar, qui se disputait avec le barman au sujet d'une addition.

La grosse fille blonde que j'avais vue au vestiaire arriva en roulant de la croupe et vint s'asseoir tout près de moi. Elle était sûrement jeune, mais elle aurait pu perdre une quinzaine de kilos sans faire pleurer personne. Elle parla en hollandais et je compris qu'elle me demandait de lui offrir un verre.

— *Do you speak English ?*

Elle le parlait suffisamment pour répéter sa requête et même un peu plus.

— Donnez-moi une cigarette, dit-elle.

— Je ne fume pas.

— Alors, offrez-moi un paquet. Vous n'avez qu'à demander au barman.

— Pour quelle raison ?

Elle haussa les épaules. Une autre fille émergea de l'ombre de la salle. Elle était brune, mince, assez jolie. La blonde lui parla de moi et elle vint s'asseoir de l'autre côté. J'étais bien encadré.

– Vous nous offrez un verre ? questionna la brune.

Le barman cessa de se disputer avec l'autre client et vint vers nous.

– Donnez à boire et des cigarettes à ces jeunes filles, dis-je, et un bourbon pour moi, avec de la glace.

Les filles reconnaissantes me saisirent chacune un bras et se serrèrent contre moi : un gros sein mou à gauche, un petit sein dur à droite. Je les repoussai.

– Du calme, recommandai-je. Mon médecin m'a défendu tout excès.

– Vous travaillez sur les bateaux ? demanda la brune en reprenant une position verticale.

– Non. Je suis notaire.

Elles parurent franchement étonnées. Dans ce dancing de troisième catégorie, elles devaient voir plus de matelots que de notaires.

– Je cherche quelqu'un, expliquai-je, pour un héritage.

– C'est peut-être moi, gloussa la grosse blonde.

– C'est une strip-teaseuse qui se fait appeler Isa Belle, en deux mots. On m'a dit qu'elle passait en ce moment dans un cabaret de Rotterdam.

Elles se penchèrent sur le comptoir pour se regarder par devant moi et se parlèrent en hollandais. Puis :

– De toute façon, reprit la brune, c'est pas ici que vous risquiez de la trouver.

– Pourquoi ?

– Y'a pas d'attractions, ici, c'est seulement un dancing.

– Et les photos dans le hall ?

— Un attrape-nigaud, expliqua-t-elle.

Le barman arrivait avec les consommations. La brune lui demanda s'il avait jamais entendu parler d'Isa Belle.

— Oui, dit le barman, pourquoi ?

Je retins ma respiration. La brune lui expliqua que j'étais notaire et que je cherchais Isa Belle pour un héritage.

— Sans blague ? fit le barman.

Je bus une gorgée de bourbon et hochai la tête.

— Sans blague, affirmai-je.

— L'an dernier, reprit-il, à peu près à cette époque, elle passait au Casino de Paris. C'est une grande blonde, bien balancée.

Il dessina des formes suggestives avec ses mains et son regard devint brillant.

— Je ne sais pas, dis-je, je ne l'ai jamais vue. Où est-ce, le Casino de Paris ?

— Dans le Het Park, vous connaissez ?

— Je vais prendre un taxi.

Je bus une seconde gorgée de bourbon.

— C'est marrant, reprit le barman. Vous êtes le deuxième ce soir à me parler d'Isa Belle…

— Ah ! fis-je sans manifester d'autre intérêt bien que ma curiosité fût piquée à vif.

— C'était aussi un notaire ? questionna la blonde avec avidité.

— Je n'en sais rien, répliqua le barman. Il m'a simplement demandé si je savais où passait Isa Belle. Il avait fait toutes les boîtes du coin…

— C'était le gros Italien ? celui qu'avait…

— Non, coupa le barman, le grand blond avec une gueule en lame de couteau…

Je voyais un couple danser un paso-doble sur la piste. Une jeune fille trop fardée et un garçon aux allures de voyou. Le client rouspéteur appela le barman et ils reprirent leur discussion. Je vidai mon verre.

— Vous partez ? demanda la brune.

— Oui.

— C'est dommage.

— Pourquoi ?

— Vous me plaisiez.

— Merci, dis-je. Ce sera pour une autre fois.

Elle haussa les épaules.

— Vous fatiguez pas.

Un gros type, qui semblait être le patron, vint voir ce qui n'allait pas entre le client râleur et le barman. Je consultai ma fiche de consommations et laissai l'argent sur le comptoir.

— Bonne nuit, dis-je en descendant de mon tabouret. Faites de beaux rêves…

— Je vais sûrement rêver d'héritage, affirma la grosse blonde avec une mine gourmande.

Le patron et le client pas content se disputaient en allemand. Ils s'interrompirent un instant pour me regarder passer. Je n'étais probablement pas le type habituel de client de l'établissement. Je repris mon vestiaire et sortis. Il faisait froid et humide. Gravendijkwal était un désert. Je tournai le dos au tunnel routier et gagnai le carrefour où stationnaient quelques taxis. J'ouvris la portière du plus proche et dis au chauffeur :

— Casino de Paris.

Quelques instants plus tard, nous roulions. Je m'enfonçai dans un coin, frileusement. Cet autre type qui s'intéressait à Isa Belle m'inquiétait, mais cela pouvait n'être qu'une coïncidence. Un admirateur, ou un type qui avait eu une aventure avec elle, l'année précédente…

2

Je sortis de ma poche la carte postale que je conservais sur moi depuis mon départ de Washington et l'éclairai avec mon stylo-lampe. Au recto figurait une photographie de la perspective Nevsky, à Leningrad. Au verso, l'on pouvait lire le texte suivant, écrit à la main et au crayon :

Leningrad, le 28 novembre… Voyage passionnant. Suis très content. Isa Belle vous montrera les photos le mois prochain à Rotterdam. Arthur ne va pas très bien. Cordialement : Bill.

L'adresse était celle d'une des nombreuses boîtes aux lettres utilisées par la CIA. L'écriture nerveuse, heurtée, presque illisible, donnait à penser que son auteur ne se trouvait pas à ce moment-là dans un état de parfaite sérénité.

Le chef du service Action de la CIA, auquel j'ai le privilège discutable d'appartenir depuis de longues années, m'avait expliqué en me chargeant de cette mission que Bill était un pseudonyme derrière lequel se cachait un de mes nombreux collègues. La discrétion étant la règle d'or de la maison, je m'étais bien gardé de réclamer plus amples précisions concernant l'identité réelle de ce confrère.

Bill était allé en Russie, avec la « couverture » d'un touriste, pour essayer d'obtenir le plus possible de renseignements sur le résultat des grandes manœuvres d'automne de l'armée soviétique, qui venaient de se dérouler dans le Grand Nord.

Nous savions que ces manœuvres, les plus gigantesques qui aient jamais été réalisées, avaient réuni dans l'Arctique environ six cent mille hommes, cinq mille avions et deux mille navires. Toutes les unités d'engins balistiques y avaient participé. Nous savions que l'un des principaux objectifs de ces manœuvres extraordinaires avait été l'expérimentation de l'arme antifusée et que, par exemple, un missile atomique lancé d'une des bases de l'Ouzbékistan avait été intercepté et détruit aux abords de la Nouvelle-Zemble, après une trajectoire de quatre mille kilomètres, par un engin à tête nucléaire, expédié par le croiseur amiral Nakhimov. Nous savions aussi que, pour la première fois, des équipements antiradioactivité et antibactériens avaient été essayés par les soldats de l'Armée rouge.

Il était d'une importance vitale pour mon pays et pour le monde occidental de connaître tous les détails imaginables sur ces grandes manœuvres où il était à peu près certain que les forces soviétiques avaient été employées dans des conditions aussi proches que possible de la guerre réelle. Nous avions ainsi une occasion d'être informés sur les conceptions stratégiques et tactiques, théoriques et pratiques du grand état-major de l'URSS, sur la valeur des troupes, des officiers et de leurs divers armements.

Bill semblait avoir réussi à se procurer la photocopie du rapport officiel établi au terme de ces manœuvres, rapport signé par le maréchal Joukov lui-même, nouveau président du Comité supérieur de la Défense nationale soviétique. Mais, alors qu'il se disposait à rembarquer sur un bateau de croisière italien qui devait le ramener en Europe avec son butin, Bill avait été arrêté par des agents du KRU, c'est-à-dire de la Direction du contre-espionnage du MGB, le ministère d'État de la Sécurité.

La nouvelle emplit de consternation un certain nombre de personnes à Washington. Mais, douze jours plus tard, l'arrivée de la fameuse carte postale, venue par mer, redonna de l'espoir à ces mêmes personnes. Des experts ayant affirmé que l'écriture était celle de Bill, il fallut bien imaginer que celui-ci, se sachant sur le point d'être arrêté, avait probablement réussi à passer les photocopies à cette Isa Belle qui devait se trouver le mois suivant à Rotterdam.

Mais qui était Isa Belle ? Le hasard qui fait quelquefois bien les choses nous avait servi. La CIA possédait un dossier sur Isa Belle, un dossier bien mince mais qui nous avait néanmoins appris que cette jeune femme, âgée d'une trentaine d'années, s'appelait en réalité Isabelle Fournier, qu'elle était de nationalité française et strip-teaseuse de profession.

En octobre, un de nos agents permanents à Helsinki avait fait sa connaissance alors qu'elle se produisait tous les soirs dans un cabaret de la capitale finlandaise. Isabelle ayant annoncé à notre agent son intention d'aller faire, entre deux contrats, une promenade touristique en URSS, celui-ci avait essayé de la convaincre de rapporter certains renseignements. Elle avait refusé. Pour la forme, notre agent avait envoyé un rapport et la preuve était faite une fois de plus que la paperasserie, en matière de renseignement, sert toujours à quelque chose, tôt ou tard.

Il ne restait plus maintenant qu'à retrouver cette Isa Belle pour lui demander le film que Bill avait dû lui remettre. C'était pour ce faire que je venais d'arriver en Hollande.

Le taxi roulait maintenant dans un parc aux arbres dépouillés et noyés de brume, mal éclairé par de rares réverbères. Un pavillon illuminé apparut soudain. C'était le Casino de Paris. Le chauffeur payé, je mis pied à terre et pénétrai dans l'établissement, respectueusement salué au passage par un portier galonné.

Le Casino de Paris était sûrement « la » boîte de Rotterdam, car c'était plein à craquer et les gens avaient vraiment l'air de s'amuser. L'architecture était assez bizarre et il y avait deux ou trois salles communicantes autour de la piste de danse. J'en fis le tour et atteignis le bar où je pus m'installer, non sans difficultés.

— Bourbon, commandai-je au barman. Old Crow. Avec de la glace.

Il acquiesça d'un signe de tête et s'occupa de moi, cependant que j'observais la clientèle. Des gens aisés, beaucoup d'hommes d'affaires, quelques play-boys, deux ou trois femmes légitimes, beaucoup de femmes entretenues, quelques professionnelles. L'une de celles-ci, encore fraîche et jolie, avec quelque chose de tendre dans le visage qui devait lui attirer la clientèle sentimentale, était aux prises de l'autre côté du bar avec un géant roux complètement ivre qui l'écrasait contre lui en larmoyant. Elle se dégagea soudain, contourna rapidement le comptoir et vint se poser sur un tabouret libre, à côté de moi. Elle me parla en Hollandais.

— Parlez anglais ou allemand, répliquai-je, si vous voulez que je comprenne.

Elle choisit l'anglais, qu'elle parlait d'ailleurs avec l'accent allemand.

— J'ai des ennuis, dit-elle, offrez-moi à boire.

Le barman apportait mon bourbon. Je lui fis un signe et il questionna :

— Une autre vodka ?

— Oui, répondit la fille.

De l'autre côté du bar, le géant roux descendait péniblement de son tabouret, sans cesser de me regarder, l'air furieux. La fille me saisit le bras.

— Il va venir, annonça-t-elle. J'ai peur.

— Ne vous en faites pas pour ça, répliquai-je.

Je n'avais aucune envie de me battre avec un inconnu dans ce lieu public. Une des règles essentielles du métier est de passer inaperçu, autant que possible.

— Il y a des attractions ? demandai-je.

— Oui, dans dix minutes... Le voilà. Qu'est-ce que je fais ?

— Vous connaissez Isa Belle ?

Sans me regarder, elle riposta :

— La strip-teaseuse ?

Le géant roux arrivait ; mais, ma voisine connaissant Isa Belle, je ne pouvais plus la laisser tomber. Je me déplaçai légèrement sur le tabouret, afin de prendre une position favorable.

— Laissez-moi faire, dis-je.

Le type fut là. Il titubait, ses yeux étaient rouges et son visage marqué de couperose et de taches de rousseur. Il sentait l'alcool à plein nez. Il posa une grosse main velue sur l'épaule de la fille et lui dit quelque chose d'un ton menaçant. Tous les Hollandais comprennent plus ou moins l'allemand et j'intervins dans cette langue :

— Foutez-lui la paix. Vous puez et elle n'aime pas ça.

Je pus croire pendant quelques secondes qu'il n'avait pas entendu, mais c'était tout simplement qu'il ne s'attendait pas à ce que je me mêlasse de l'histoire et qu'un certain temps lui avait été nécessaire pour assimiler mes paroles. Il devint encore plus rouge et sa main énorme quitta l'épaule de la fille pour venir se poser sur la mienne, car j'étais resté face au bar, tournant simplement la tête pour lui parler.

Je ne perdis pas de temps à discuter. Personne ne faisait encore attention à nous, pas même le barman occupé de l'autre côté. Mon coude partit sur une trajectoire très courte et revint aussitôt. Frappé au plexus, le géant ouvrit démesurément la bouche, à la recherche d'un peu d'air, devint violet, presque noir, puis s'écroula sur place, bousculant une femme qui se tenait debout derrière lui et qui se mit à hurler parce que le contenu du verre qu'elle tenait à la main s'était répandu sur sa robe blanche. Le barman accourut :

— Qu'est-ce qu'il se passe ?

— Je n'en sais rien, dis-je, le regard pur. Je suppose qu'il a trop bu. Il y a des types, comme ça, qui s'écroulent tout d'un coup.

— Sans blague ?

Il fit demi-tour, décrocha un téléphone et se mit à parler très vite. Sur le parquet, le géant roux essayait vainement de vomir ses tripes. Les gens s'étaient reculés, écœurés. Je compris que certains le traitaient de cochon, d'autres affirmaient que ce n'était pas digne d'un être humain de se saouler à ce point-là.

Le portier et l'homme du vestiaire arrivèrent et emportèrent mon malheureux adversaire, aussi discrètement qu'ils le pouvaient. Presque aussitôt, la musique s'arrêta et l'on annonça les attractions.

— Isa Belle, repris-je en me penchant vers ma voisine.

— C'est vous qui l'avez frappé, n'est-ce pas ? Il n'est pas tombé tout seul.

— N'y pensez plus, répliquai-je. Je cherche Isa Belle, vous la connaissez ?

— Elle était ici l'an dernier.

— Et maintenant ?

— Je n'en sais rien. Je ne crois pas qu'elle soit à Rotterdam.

— Elle m'a envoyé une carte le mois dernier en me disant qu'elle serait ici ce mois-ci.

Elle haussa les épaules, puis appela le barman.

— Tu te souviens d'Isa Belle ?

— Sûr, une sacrée belle fille.

— Tu sais où elle passe en ce moment ?

— Non. Ça fait un moment que je n'en ai pas entendu parler...

Un couple de danseurs acrobatiques était arrivé sur la piste, mais la plupart des clients qui se trouvaient au bar ne regardaient pas, poursuivant leurs conversations.

— Je m'appelle Arie, dit la fille.

— Et moi Hubert.

Elle choqua son verre contre le mien, m'adressa un clin d'œil et but sa vodka d'un trait.

— J'ai une copine qui connaît Isa Belle beaucoup mieux que moi, reprit-elle. Le genre de fille qui est toujours au courant de tout, vous voyez... Je vais lui téléphoner.

Elle descendit de son tabouret et s'éloigna en se faufilant parmi les clients, saluée au passage par les plaisanteries plus ou moins grivoises des hommes qui l'appelaient tous par son prénom. Elle disparut vers le hall d'entrée.

Les attractions continuaient de se dérouler sur la piste, mais j'étais trop préoccupé pour y prêter grande attention. Je n'avais pas imaginé que cela serait si difficile de retrouver Isa Belle. Si la copine d'Arie était elle aussi dans l'incapacité de me renseigner, il me faudrait changer mes batteries et employer une autre méthode, plus rationnelle.

Je fis signe au barman de me servir un autre bourbon. Je pensais que Bill avait pu se tromper de date. Sa carte postale était partie de Leningrad le 28 novembre. Il s'était peut-être cru en décembre et Isa Belle pouvait n'arriver à Rotterdam qu'en janvier. Si elle y arrivait, car il n'était pas interdit d'imaginer que Bill, après son arrestation, ait été obligé de parler et que des agents soviétiques aient ensuite réussi à rattraper Isa Belle…

Arie tardait à revenir. Mais elle était peut-être occupée à faire téléphoniquement le tour des boîtes de nuit de la ville, à la recherche de sa copine. Les attractions se terminèrent par un numéro de strip-tease, pas tellement drôle. Je commandai un troisième bourbon. L'orchestre attaqua « Warum ? » et les danseurs envahirent la piste.

Une femme entre deux âges, qui avait dû être très belle, me regardait fixement depuis l'autre côté du bar. Je devais être son type, mais elle n'était pas le mien. J'aime les fruits mûrs à condition qu'ils soient très fermes. Je portais mon attention un peu plus loin, vers l'entrée, espérant voir revenir Arie, lorsque j'aperçus un visage étrange, en forme d'étrave de chasse-neige, dont les yeux clairs étaient braqués sur moi. Ce fut très fugitif. L'homme se détourna aussitôt et disparut derrière une colonne.

Je sus immédiatement, d'après l'expression de son regard, que cet homme me portait un intérêt anormal. Je mis les pieds à terre et pris la direction du hall. Ce n'était pas très facile de se frayer un chemin parmi les gens agglutinés autour du bar, ce ne le fut guère plus en bordure de piste, entre les danseurs et les tables.

Le type avait disparu. Je fis un tour dans le hall. Deux couples visiblement fatigués reprenaient leurs manteaux au vestiaire. Je gagnai les lavabos. Une fille téléphonait dans une cabine, une grande rousse plutôt voyante.

— Avez-vous vu Arie ? demandai-je à la dame pipi.

— Elle était là tout à l'heure, me répondit la dame en anglais. Elle voulait un jeton, mais quelqu'un est venu lui parler et elle est repartie.

— Sans téléphoner ?

— Sans téléphoner.

— Ce quelqu'un, c'était un homme ou une femme ?

— Je ne m'en souviens plus.

Un billet de dix florins, délicatement posé devant elle, lui rafraîchit miraculeusement la mémoire.

— Un homme, reprit-elle. Oui, je crois bien que c'était un homme. Un grand blond, avec une tête comme ça…

Ses mains tendues verticalement formèrent un angle vif devant son visage. J'avais compris.

— Merci bien, dis-je.

Je fis demi-tour et rejoignis le bar. Arie n'était pas revenue. Le barman me servit un quatrième bourbon. Je réfléchissais. Ce type qui m'avait regardé et qui avait précédemment empêché Arie de téléphoner correspondait assez bien au signalement qui m'avait été donné, dans le dancing de Gravendijkwal, de l'homme qui s'était renseigné avant moi sur Isa Belle. Et cela ne me plaisait guère. J'étais venu en Hollande sans préparation, sans couverture, simplement pour rencontrer une jolie fille qui devait me remettre un document. Je ne pensais plus maintenant que cela serait aussi simple.

L'orchestre cessa de jouer et se mit à plier bagage. Le barman commença de présenter les additions.

— Vous fermez ? demandai-je.

— Oui, monsieur. Il va être 4 heures…

C'était vrai. Le temps avait passé bien vite. Quelques minutes plus tard, les salles étaient presque vides. Debout dans un coin du hall, je regardais sortir les gens et je fus l'un des derniers au vestiaire. Un petit homme complètement ivre refusait de s'en aller : un employé l'attrapa par le col et le jeta dehors, refermant aussitôt la porte au verrou afin de prévenir une éventuelle contre-offensive.

Un marin américain, du même bâtiment que ceux dont j'avais fait la connaissance à la sortie du dancing sur le trottoir de Gravendijkwal, expliquait à une belle femme blonde qui semblait être la patronne qu'il avait besoin d'un taxi pour regagner son bord. La femme donna des ordres pour que l'on appelât une voiture par téléphone. Le marin, probablement ému par tant de gentillesse et sans doute aussi par le physique de son interlocutrice, voulut l'embrasser. Elle le repoussa gentiment mais fermement et se retrouva près de moi.

— Il n'y a pas de station de taxis à la porte ? demandai-je.

— Non, me répondit-elle, mais il va en venir. Attendez dehors.

Elle avait visiblement hâte d'aller se coucher.

— Isa Belle va-t-elle revenir, cette année ? m'enquis-je à brûle-pourpoint. J'avais fait sa connaissance ici, l'an dernier…

— Isa Belle est en ce moment à Amsterdam, répliqua-t-elle. Au Trocadéro.

Je ne m'y attendais pas et cela me surprit.

— Vous êtes sûre ?

— Absolument. Je l'ai vue avant-hier.

Un employé vint lui parler à l'oreille. Elle lui répondit quelques mots, puis se retourna vers moi.

— Vous habitez loin ?

— Au Park Hotel.

— Vous pouvez rentrer à pied, c'est à cinq minutes de marche.

— Je ne connais pas la ville. Je suis arrivé aujourd'hui et j'ai peur de me perdre dans le parc…

Je venais de commettre un impair, mais elle ne parut pas le remarquer.

— On va vous montrer le chemin, dit-elle.

Elle appela le videur d'ivrognes et lui demanda de m'indiquer la route jusqu'au Park Hotel.

— Merci, dis-je, vous êtes très gentille. Je reviendrai.

Le type ouvrit la porte et je passai le premier. À cet instant, l'ivrogne se détacha d'un groupe immobile sur les marches et fonça en hurlant sur mon guide. J'entendis claquer la porte dans mon dos et pousser les verrous. L'ivrogne, incapable de s'arrêter, heurta violemment le bois de la tête et s'écroula mollement sur le seuil.

Je descendis quelques marches et demandai si quelqu'un parlait anglais ou allemand. Cinq ou six me répondirent ensemble et m'expliquèrent ensuite, de façon quelque peu contradictoire, comment je devais m'y prendre pour rentrer à l'hôtel. La direction générale étant la seule chose sur laquelle ils fussent tous d'accord, je les remerciai poliment et partis à pied dans le parc noyé dans le brouillard. Le vent avait cessé, mais le froid humide me pénétrait jusqu'aux os.

J'avais parcouru environ deux cents mètres, lorsqu'une voiture me dépassa. Elle roula encore cinquante mètres, puis s'arrêta et fit marche arrière.

J'étais sur mes gardes, prêt à plonger dans le sous-bois et à disparaître dans le brouillard au moindre signe suspect, car je n'étais pas armé. La voiture s'arrêta et un visage de femme apparut dans la portière arrière entrebâillée.

— C'est vous, Hubert ?

Je reconnus Arie.

— Je vous cherchais, expliqua-t-elle. Je suis avec des amis… On peut vous déposer quelque part ?

Je m'approchai.

— Au Park Hotel, si ça ne vous dérange pas, fis-je.

Il y avait deux hommes devant et un derrière, avec Arie. Quelque chose d'indéfinissable dans l'attitude de celle-ci me donna des soupçons.

— Après tout, repris-je, je préfère rentrer à pied. Merci quand même…

Je n'avais pas terminé que celui qui se trouvait à côté du chauffeur descendait en voltige, un automatique au poing.

— On ne discute pas, dit-il en anglais. Montez à côté de la fille, on va faire un tour.

Je le reconnus, c'était le type que j'avais vu au dancing de Gravendijkwal, se disputant avec le barman, puis avec le patron. Il paraissait tout à fait décidé à me truffer de plomb sans plus attendre si je faisais ma mauvaise tête. Aussi décidais-je d'obéir. Quand il s'agit d'une chose aussi grave que la mort, un sursis est toujours bon à prendre. Je montai. Le type referma la portière et reprit sa place devant, à demi tourné vers moi, toujours disposé semblait-il à me trouer la peau si je ne restais pas tranquille.

— Mettez vos mains sur votre tête, ordonna-t-il.

La voiture démarra doucement. Je mis mes mains sur ma tête, les doigts entrecroisés pour plus de commodité.

Puis je lançai un coup d'œil à gauche, par-dessus la tête d'Arie. La lumière fugitive d'un réverbère me permit d'identifier l'homme à la figure en brise-glace. Le chauffeur était le seul que je n'aie pas déjà vu au cours de la soirée.

– Merci, Arie, dis-je doucement. C'est très gentil à vous et je n'oublierai pas…

Elle protesta violemment :

– Mais je ne les connais pas. Ils m'ont forcée à faire ça…

Elle enfouit la tête dans ses mains et fondit en larmes.

– Nous manquait plus que ça, grogna celui qui me tenait toujours sous la menace de son arme.

3

Nous avions roulé pendant une demi-heure et nous étions assez loin de la ville lorsque la voiture quitta la route goudronnée pour s'engager sur un chemin de terre.

Il y avait du brouillard et aucune étoile n'était visible dans le ciel, si bien que dans cette région qui m'était inconnue je n'avais pu me repérer. J'espérais que Arie savait où nous étions, mais je doutais que cela pût nous servir à quelque chose car le fait que nos ravisseurs n'aient pas jugé utile de nous bander les yeux minait sérieusement mon optimisme quant à nos chances de survie.

Nous traversâmes un canal sur un pont de bois à balancier et je crus distinguer les ailes d'un moulin à faible distance dans la brume. Nous roulâmes encore quelques minutes, puis les phares éclairèrent une maison à deux étages, large et massive, dont tous les volets étaient fermés et qui semblait inhabitée.

La voiture s'arrêta. Arie tremblait tout contre moi, mais cela ne me touchait guère. Dans une situation aussi délicate, il était important pour moi de ne pas me laisser troubler par les événements extérieurs. Il me fallait absolument rester indifférent à tout ce qui pouvait m'empêcher de saisir au vol la première occasion qui se présenterait de me sortir de là. De me sortir de là avec ou sans Arie, car la possession par les États-Unis du rapport officiel sur les dernières grandes manœuvres de l'armée soviétique était beaucoup plus importante pour l'avenir du monde que l'existence de cette jeune personne, au demeurant fort jolie et sympathique.

Mais l'adversaire était bien entraîné et ne commettait aucune erreur. Ils me tinrent toujours à distance et s'arrangèrent toujours pour ne jamais se trouver dans le champ de tir les uns des autres. Tous trois étaient armés de Browning 9 mm Parabellum à chargeur de treize balles, l'un des meilleurs automatiques que l'on puisse trouver et l'un des plus redoutables.

Ils nous firent entrer dans la maison où flottait une forte odeur mélangée de moisi et de renfermé. Il y avait l'électricité et la lumière d'une forte ampoule nue éclaira un vaste hall, non meublé, dont le seul ornement était une cheminée monumentale dans le foyer de laquelle avaient été jetés quelques vieux journaux et les débris d'un cageot à légumes.

— Marchez jusqu'au mur, en face de vous, ordonna celui que j'avais surnommé « Brise-glace ».

Nous obéîmes. Il nous fit appuyer les mains au mur, puis éloigner nos pieds jusqu'à nous mettre en rupture d'équilibre. C'est une position dans laquelle il est impossible de se redresser rapidement sans ramener ses pieds. Le chauffeur vint nous palper et il fut si surpris de constater que je n'étais pas armé qu'il remit ça une seconde fois. Arie le traita de cochon lorsque ce fut son tour, mais cela n'eut pas l'air de l'émouvoir outre-mesure.

Nous entendîmes la porte d'entrée claquer derrière nous. Puis, Brise-glace ordonna :

— Maintenant, vous allez vous déshabiller complètement, tous les deux, et poser vos affaires en tas près de vous. Exécution.

Le chauffeur s'était éloigné. Je rapprochai mes pieds du mur afin de reprendre une position verticale. Arie en fit autant. Nous ne bougeâmes pas.

— Si vous ne le faites pas vous-même, reprit Briseglace, nous allons être obligés de nous y mettre. Mais, pour être tranquilles, nous serons aussi obligés de vous assommer avant…

Je sentis que Arie me regardait et tournai la tête vers elle. Son expression de bête traquée ne me plut pas. Je craignis qu'elle ne fît quelque sottise susceptible de lui coûter la vie.

— Il est des choses plus importantes que la pudeur, lui dis-je.

Je pensais qu'ils devaient prendre Arie pour Isa Belle et qu'ils nous faisaient déshabiller à seule fin de pouvoir examiner minutieusement nos vêtements, à la recherche des documents transmis par Bill et qui auraient pu s'y trouver dissimulés sous forme de microfilms.

Nous commençâmes à nous dévêtir sans nous regarder. Derrière nous, les autres demeuraient silencieux et je leur sus gré de nous tenir quitte des mauvaises plaisanteries que j'attendais plus ou moins. Quand ce fut fini, le chauffeur alla ouvrir une porte au fond à droite et alluma une lampe dans un escalier qui devait descendre au sous-sol. Arie éternua.

— À vos souhaits, dis-je poliment.

— Vous allez descendre à la cave, lança Brise-glace, et attendre.

— Attendre quoi ? questionnai-je en me retournant.

Il me considéra d'un air un peu ennuyé.

— La suite. Ne soyez pas trop pressé.

— À votre disposition, dis-je.

Je marchai le premier vers la porte ouverte et remarquai qu'aucun des trois hommes ne semblait particulièrement intéressé par l'anatomie dévoilée de la jeune Arie. J'en fus soulagé, car je pensais que ce détachement pouvait éviter à la jeune femme bien des désagréments dans les heures à venir.

Arie sur mes talons, j'atteignis le bas de l'escalier. Nous étions dans un vaste sous-sol cimenté où se trouvaient une chaudière à mazout et un énorme chauffe-eau électrique. Rien d'autre. Des soupiraux devaient dispenser un peu de clarté dans la journée ; mais ils étaient bien trop étroits pour nous laisser passer.

À droite de l'escalier, une ouverture donnait sur une autre salle que je découvris absolument vide après avoir allumé, Une porte tout au fond, m'intrigua. Je m'y rendis. Elle s'ouvrit sans difficulté, me laissant voir un escalier d'une dizaine de marches qui descendait dans une cave voûtée, qui devait être une cave à vin.

Arie éternua derrière moi et j'en fis autant. Il faisait froid et humide et nous allions sûrement attraper une broncho-pneumonie si nos geôliers nous laissaient longtemps dans ce simple appareil. Je fis demi-tour. Ma compagne involontaire essayait avec une bonne volonté mal payée de retour de dissimuler ses trésors les plus chers au moyen de sa main gauche et de son avant-bras droit.

— Excusez-moi, dis-je, de ne pas jouer à cache-tampon avec vous. Je crois que le mieux est de ne pas y faire attention. J'espère pour vous que je ne suis pas le premier homme nu qui vous tombe sous les yeux... En ce qui me concerne, je puis vous assurer que j'en ai vu d'autres.

Elle soupira et commença par laisser tomber son bras droit. Elle était bien en chair, remarquablement faite, avec des seins fermes et une peau laiteuse fort attirante. J'estimai aussitôt préférable de ne pas trop la regarder si je voulais garder la tête froide. Et quand je dis la tête…

Nous revînmes dans la chaufferie et j'allai jeter un coup d'œil dans l'escalier. Le chauffeur était en haut, l'arme au poing, impassible.

– On crève, lui dis-je. Donnez-nous quelque chose pour nous couvrir.

Il ne prit même pas la peine de répondre. Arie éternua de nouveau et gémit :

– Ces cochons-là ne nous ont même pas laissé nos mouchoirs.

Je lui appris à se moucher proprement avec ses doigts, ce que n'importe quel paysan sait faire avec élégance. Je me demandais bien où nos geôliers voulaient en venir. Ils n'avaient pas été bavards et ne cherchaient pas davantage à nous faire parler, du moins pour l'instant. Je commençais d'autre part à douter qu'ils eussent l'intention de nous supprimer, comme je l'avais craint tout d'abord. Alors ?

Quelques minutes plus tard, Brise-glace descendit avec un paquet, s'arrêtant à la dernière marche.

– Voici deux couvertures et des provisions, dit-il. Nous allons vous enfermer, mais l'un de nous restera de garde dans le hall. Si vous restez tranquilles, on vous relâchera dans quelques jours…

Il sourit et, s'adressant plus particulièrement à moi, ajouta :

– Quand nous en aurons terminé avec Mlle Isa Belle.

J'eus envie de faire l'innocent et de lui demander qui était Isabelle. Mais il avait dû trouver la carte postale dans ma veste et de toute façon il savait que j'avais cherché la strip-teaseuse toute la soirée.

— Rendez-nous nos vêtements, suggérai-je. Nous allons nous enrhumer.

— Non, répliqua-t-il.

Et il remonta sans autre explication, me surveillant par-dessus son épaule jusqu'à ce qu'il fût hors d'atteinte. La porte sur le hall fut refermée et j'entendis la clé tourner deux fois dans la serrure.

— Qu'est-ce que vous avez tous après Isa Belle ? demanda ma compagne.

Je pivotai sur mes talons. Elle était en train de défaire le paquet. Elle s'enveloppa dans une couverture et me tendit l'autre, puis fit l'inventaire des provisions. Il y avait deux pains d'une livre sous cellophane, un saucisson, deux boîtes de filets de hareng, deux tablettes de chocolat, quatre boîtes de pâté, un ouvre-boîte, deux litres de bière.

— Vous avez faim ? demanda-t-elle.

— Pourquoi pas ?

Il était plus de 5 heures du matin et mon estomac sonnait le creux. Nous mangeâmes du saucisson et du pain, arrosés de bière ; c'est-à-dire que je mangeai seul, car l'aventure semblait avoir coupé l'appétit d'Arie qui, par ailleurs, tombait de sommeil.

Tout en mangeant, je réfléchissais. Je ne doutais plus que mes adversaires fussent des agents des services spéciaux soviétiques, chargés de récupérer les photocopies confiées par Bill à Isa Belle. Ils paraissaient jusqu'à maintenant vouloir régler l'affaire en douceur, sans violences inutiles. Mais rien ne prouvait qu'ils fussent aussi avancés que moi dans leurs recherches.

Peut-être ignoraient-ils encore qu'Isa Belle se trouvait à Amsterdam et non à Rotterdam. Si je parvenais à m'échapper assez vite, je pouvais encore les griller au poteau. J'en étais persuadé.

Je grimpai silencieusement l'escalier jusqu'en haut et collai mon œil au trou de la serrure. La clé avait été retirée et je découvris une partie du hall éclairé. L'idée m'effleura qu'ils pouvaient avoir laissé la lumière uniquement pour nous faire croire que nous étions effectivement sous bonne garde, alors qu'ils étaient repartis tous les trois. Afin de m'en assurer, je me mis à cogner de l'épaule contre le battant. C'était une porte massive, solidement construite, et je ne pouvais prendre un élan suffisant. Je ne réussis qu'à me meurtrir l'épaule, sans autre résultat.

— Pas la peine de vous fatiguer, cria une voix dans le hall, vous n'y arriverez pas. Et si vous y arriviez, je serais là pour vous accueillir.

C'était la voix de l'homme qui s'était disputé avec le barman, au dancing de Gravendijkwal. Je redescendis, mon optimisme naturel légèrement altéré. Arie s'était couchée en chien de fusil le long du mur, enveloppée dans sa couverture. Elle claquait des dents.

La vue du chauffe-eau me donna soudain une idée. J'avais lu quelques mois plus tôt dans la presse un fait divers qui avait accroché mon attention. Dans un immeuble des Champs-Élysées à Paris, un chauffe-eau avait explosé par le bas et, transformé en fusée, avait traversé quatre planchers avant de s'arrêter, provoquant des dégâts considérables.

Je pris l'ouvre-boîte, qui pouvait servir au moins de tournevis, et m'approchai de l'engin. Il n'était pas branché. J'abaissai la manette. La lumière des lampes baissa aussitôt, prouvant ainsi que l'appareil fonctionnait. Je relevai la manette, dévissai le couvercle du thermostat et mis rapidement celui-ci hors d'usage. La soupape de sécurité retint ensuite longuement mon attention. Je finis par trouver le moyen de la bloquer.

Je remis le contact, afin de ne pas perdre de temps, puis examinai la fixation de l'énorme cylindre sur son socle de ciment. La tôle autour des écrous était rouillée et je décidai de ne pas y toucher.

— Qu'est-ce que vous faites ? s'enquit Arie qui semblait de plus en plus frigorifiée.

— C'est une surprise, répondis-je. Mais il ne faut pas rester ici. Nous allons émigrer dans la cave à vin.

Sans chercher à comprendre, elle se releva et m'aida à transporter notre ravitaillement. Elle était bleue de froid et tremblait des pieds à la tête. L'activité que je venais de déployer m'avait un peu réchauffé, mais je n'allais pas tarder à grelotter, moi aussi. Mes pieds étaient deux blocs de glace.

— Nous devrions nous enrouler ensemble dans les deux couvertures, proposai-je. Non seulement cela nous ferait une double protection, mais nous nous tiendrons mutuellement chaud.

Elle me lança un regard réprobateur.

— Vous, je vous vois venir !

— Si vous préférez attraper la mort, répliquai-je, bon courage.

Je me mis à courir de long en large dans la cave, mais Arie était bien trop fatiguée pour en faire autant. Elle tint bon dix minutes encore. Elle n'était pas une oie blanche, loin de là, mais peut-être aurait-elle voulu que je lui fisse un brin de cour pour lui faciliter les choses. Brusquement, elle capitula :

— J'ai trop froid, bredouilla-t-elle. Venez.

Nous préparâmes les couvertures et nous enveloppâmes dedans étroitement serrés l'un contre l'autre.

– Vous avez chaud, constata-t-elle. C'est bon.

Elle ferma les yeux. Nous restâmes un moment silencieux, écoutant nos souffles qui se mêlaient et les battements de nos cœurs qui ne cessaient de s'accélérer. Nous n'avions pas éteint la lumière et je pouvais voir son visage reprendre rapidement des couleurs.

– Restez tranquille, murmura-t-elle.

– Mais, je ne fais rien, protestai-je hypocritement.

Ses lèvres s'entrouvrirent et s'approchèrent des miennes.

– C'est un problème de survie, repris-je pour l'encourager. Il faut absolument nous réchauffer…

Je n'eus pas besoin d'insister. Elle avait compris et elle était d'accord…

*

Le chauffe-eau explosa douze heures plus tard, environ. Nous eûmes l'impression qu'un 380 de marine était tombé sur la maison et ce fut absolument terrifiant. Le sol trembla, les murs oscillèrent, l'électricité s'éteignit, et la moitié du plafond nous tomba dessus. Quand le silence fut revenu, un silence de mort, nous nous dégageâmes tant bien que mal et partîmes aux nouvelles, prenant garde à ne pas blesser nos pieds nus sur les gravats.

Dans la chaufferie, les dégâts étaient considérables. D'abord il n'y avait plus de chauffe-eau et un énorme trou dans le plafond, juste au-dessus, marquait l'endroit par où l'appareil, transformé en VI à vapeur, s'était échappé. Des torrents d'eau s'échappaient des tuyauteries arrachées, noyant les décombres.

Dehors, la nuit tombait, et le peu de lumière du jour qui entrait par les soupiraux aux vitres pulvérisées, et par le trou dans le plafond, ne perçait que difficilement l'épais brouillard qui noyait la salle. Je m'avançai, frileusement enveloppé dans ma couverture, pataugeant, trébuchant. J'aurais donné cher pour savoir ce qu'était devenu notre geôlier, mais je savais qu'il me fallait exploiter la situation le plus rapidement possible.

Les tuyaux tordus qui montaient vers le rez-de-chaussée me servirent à grimper. Je fis un rétablissement sur le carrelage de ce qui avait dû être une cuisine. Au-dessus de moi, j'apercevais le ciel. Le chauffe-eau avait tout traversé, y compris le toit.

Dans la cuisine, tout était en miettes. La porte sur l'office avait été soufflée. Ce fut en franchissant le seuil que j'aperçus deux bras en croix dépassant de part et d'autre du panneau disloqué qui avait été s'écraser sur le mur en face. Ces deux bras appartenaient à notre geôlier et le reste n'était pas beau à voir. Ce pauvre type avait mal supporté la gifle colossale et il ressemblait maintenant davantage à une galette qu'à un homme. Sans doute avait-il été surpris par l'explosion alors qu'il venait à la cuisine chercher à boire ou à manger.

Rassuré en ce qui concernait notre sécurité, je revins sur mes pas, m'allongeai sur les décombres au bord du trou et tendis la main à ma jeune amie pour l'aider à monter.

Nous regagnâmes le hall dont les plâtres avaient aussi sérieusement souffert et je partis à la recherche de nos vêtements. En vain. Ils avaient complètement disparu et je finis par croire que Brise-glace et le chauffeur les avaient emportés.

— Pourquoi ont-ils fait ça ? s'étonna ma jeune amie, furieuse.

Je ne pouvais pas lui expliquer pourquoi nos affaires personnelles intéressaient nos ravisseurs. Je répondis :

— Pour rendre notre évasion encore plus difficile. Beaucoup de gens hésitent à sortir le derrière nu.

Je rejoignis la cuisine, découvris un couteau dans les décombres, au milieu des casseroles et des couverts et revins dans le hall. Là, utilisant le couteau, je pratiquai un trou au centre de nos couvertures afin de les transformer en ponchos brésiliens. Nous passâmes la tête dans les trous et nous regardâmes. Nous étions au moins parfaitement décents.

— Allons-y, dis-je. L'explosion peut avoir alerté des voisins.

— Et alors ? répliqua-t-elle. Nous avons bien besoin d'aide, non ?

— Je vous expliquerai tout plus tard, repris-je. Pour l'instant je crois que nous avons intérêt à ne pas ébruiter notre aventure.

Elle s'indigna.

— Sans blague !... Eh bien, moi, je vais aller porter plainte immédiatement. Un enlèvement, ça coûte cher.

J'ouvris la porte d'entrée. La nuit tombait et il brouillassait. Ce n'était guère encourageant. Je pris Arie par les épaules.

— Écoutez-moi, mon cœur. Ces gens qui nous ont enlevés ne sont pas des gangsters. Ils appartiennent à une organisation puissante et innombrable et vous ne pouvez pas vous permettre d'entrer en guerre contre eux. Vous n'auriez aucune chance. Je sais de quoi je parle et je vous demande, dans votre intérêt et dans le mien, de me faire confiance et de m'obéir.

Elle avait écouté ce beau discours sans chercher à m'interrompre, mais elle n'était pas convaincue, c'était visible. Néanmoins, sans doute pour avoir la paix, elle acquiesça :

— Bon, bon, je ferai comme vous voudrez. Mais il ne faudrait tout de même pas vous imaginer, parce que nous avons couché ensemble, que vous avez des droits sur moi ! Vous vous mettriez le doigt dans l'œil, jusqu'au coude.

— Nous n'avons pas « couché » ensemble, ripostai-je d'un ton sévère. Nous nous sommes simplement employés, du mieux que nous avons pu, à nous réchauffer mutuellement alors que nous étions menacés d'un grave refroidissement.

Elle me regarda en coin et dit en soupirant :

— Cause toujours, mon lapin.

Puis elle éternua.

— N'en aurais-je pas fait assez ? m'inquiétai-je.

Elle me rassura.

— J'avais pris froid avant.

— Ah ! bon…

Je la saisis par la main et l'entraînai dehors. Nous fîmes le tour de la maison, espérant trouver une voiture ou un quelconque moyen de locomotion. Dans une grange, à quelque distance, nous trouvâmes une bonne vieille bicyclette hollandaise, un peu rouillée, mais en état de marche. Je regonflai les pneus à bloc, installai Arie en amazone sur le cadre. Nous partîmes. Heureusement pour la plante de mes pieds nus, les pédales étaient garnies de caoutchouc.

Le bouillard glacé s'insinuait sournoisement sous les pans de la couverture qui flottait autour de moi et me gelait les cuisses, le ventre et les fesses. Je me mis à éternuer. Arie remarqua :

— N'en aurais-je pas fait assez ?

Je ne répondis pas, la laissant dans cette cruelle incertitude. Nous traversâmes un canal sur un pont de bois à balancier et atteignîmes la route goudronnée. Il n'y avait pas de système d'éclairage sur la bicyclette et je m'arrêtais chaque fois qu'une automobile nous croisait ou nous dépassait. Un peu après 18 heures, nous atteignîmes Haastrecht. Arie m'affirma que nous devions bientôt retrouver la grande route d'Utrecht à Rotterdam, dont une vingtaine de kilomètres nous séparaient encore.

Un peu plus loin, à Gouda, nous fûmes arrêtés par des policiers que je n'avais pas vus à temps et qui voulaient simplement nous dresser contravention pour défaut d'éclairage. Ils furent plutôt surpris par notre tenue. Un homme et une femme simplement vêtus d'une couverture, pieds nus, sans papiers, ni argent, circulant sur la même bicyclette non éclairée, par un soir de décembre, cela leur parut louche. Je serrai le bras d'Arie pour lui imposer silence et demandai poliment aux représentants de l'ordre s'ils comprenaient l'allemand ou l'anglais. Ce fut l'allemand. Je leur racontai alors une belle histoire d'enlèvement, assurant que nous avions été victimes de terribles gangsters dont je donnai un signalement très fantaisiste.

Les policiers nous emmenèrent au poste le plus proche. Ils téléphonèrent au Park Hôtel où, fort heureusement, j'avais dû laisser mon passeport entre les mains du concierge, la veille en arrivant.

Arie confirma mon récit, à quelques détails près. Notre déposition fut enregistrée, puis les policiers nous ramenèrent à Rotterdam. Ils déposèrent Arie chez elle et me firent faire une halte au bureau de police de Westersingel, cependant qu'un agent allait au Park Hotel, à deux pas de là, chercher de quoi me vêtir correctement ; ce qui me permit un retour parfaitement digne.

Je récupérai mes traveller-chèques dans le coffre de l'hôtel et en changeai quelques-uns pour me réapprovisionner en argent frais. Puis je fis une rapide toilette, dînai au restaurant de l'hôtel et me fis conduire en taxi à la gare, où je pris le premier train pour Amsterdam.

Je savais que le temps jouait contre moi et que je n'avais pas une minute à perdre.

4

Il était à peine minuit lorsqu'un taxi me déposa sur la Rembrandtplein, à Amsterdam. Il pleuvait, il faisait froid, et la légèreté de mon imperméable de secours se faisait cruellement sentir.

La Rembrandtplein, c'est un peu le Pigalle d'Amsterdam. C'est une grande place rectangulaire avec un jardin boisé au centre, des cafés et des dancings tout autour et une sorte d'appendice bordé de boîtes à strip-tease, les unes sur les autres.

J'aperçus l'enseigne au néon du Trocadéro et traversai la chaussée dans cette direction. Un portier vêtu comme un amiral entreprit aussitôt de me vanter le spectacle, mais je m'étais arrêté devant la vitrine, fasciné par la photographie d'une grande fille aux formes sculpturales, fort légèrement vêtue, au bas de laquelle une bande imprimée indiquait :

ISA BELLE
Danse et strip-tease

Cette fois, je la tenais. Elle était là, cela ne faisait plus de doute. Bill, troublé par le danger qui le menaçait, avait dû tout simplement confondre Rotterdam et

Amsterdam. L'entrée était une sorte de couloir étroit où se trouvait installé le vestiaire. La musique était assourdissante. Je confiai mon imperméable à la préposée et passai dans la salle.

C'était plein. Dans le feu des projecteurs, une petite femme au corps et aux allures de gamine achevait de se déshabiller. Elle avait de ravissantes petites fesses, haut plantées, et savait les mettre en valeur. Je marchai jusqu'au bar, en forme de carré avec des sièges sur trois côtés seulement, ceux d'où l'on pouvait regarder la piste, et m'installai sur un tabouret libre, en compagnie d'une vingtaine d'hommes seuls qui sirotaient de la bière sans perdre une miette du spectacle. C'était assez déprimant, mais je n'étais pas là pour m'amuser.

Le barman, qui ressemblait à un valet de comédie italienne, vint aux ordres. Je commandai un Old Crow, puis jetai un coup d'œil sur l'un des programmes qui traînaient sur le comptoir…

La gamine qui se retirait maintenant, n'ayant plus rien à retirer, s'appelait Pulchérie. Je contemplais la photographie d'Isa Belle, sur la page suivante, lorsque le chef d'orchestre annonça en français l'apparition de celle-ci.

Elle arriva, très sophistiquée, portant un énorme carton à chapeau qu'elle déposa sur un fauteuil à l'entrée de la piste. Elle se mit à danser sur un rythme de paso-doble et elle ne dansait pas si mal que ça. Elle avait l'air de s'amuser et le dynamisme qui se dégageait de toute sa personne était sûrement contagieux, car les visages des froids Hollandais qui la regardaient s'éclairaient tous les uns après les autres.

Elle ôta sa robe, puisqu'elle était payée pour ça, et la fourra dans le grand carton cylindrique dont l'utilité devint alors évidente. Les bas suivirent, puis la guêpière, puis le soutien-gorge. Elle était belle, vraiment. Il ne lui resta bientôt plus que le minimum exigé par les règlements : un slip minuscule, des strass sur les bouts de seins, plus un extravagant chapeau à plumes qu'elle ne devait pas ôter. Elle dansa encore un moment dans cette tenue, puis battit en retraite, vigoureusement applaudie.

Je vidai mon bourbon d'un trait et en commandai un autre. Bien que je me fusse bourré de vitamines C et d'aspirine, j'étais toujours sous la menace d'un rhume et l'alcool ne pouvait que m'aider dans cette lutte difficile, sinon périlleuse. J'éternuai, puis me mouchai avec vigueur. Mon voisin, un homme entre deux âges, me considéra d'un air désabusé puis demanda au barman une autre bière à un florin vingt-cinq.

Pulchérie était là, à sept ou huit sièges de moi, conversant avec une brune romantique au type slave très accentué. Je ne les avais pas vus arriver. Leurs voisins les laissaient en paix, ne les regardant même pas. Cela me laissa un peu perplexe, mais la clientèle de l'établissement semblait uniquement composée de voyageurs, et il n'y avait pas l'ombre d'une entraîneuse.

Le chef d'orchestre annonça un couple de danseurs exotiques. C'étaient des Eurasiens, métis de Javanais et de Hollandais, petits, rondelets, sympathiques et possédant à fond la technique des danses orientales. Ils m'intéressèrent. Lorsqu'ils eurent terminé, je découvris qu'Isa Belle était là, à côté de Pulchérie.

Je descendis de mon tabouret et franchis la distance qui me séparait de la jeune femme.

— Excusez-moi, dis-je en français, j'ai entendu parler de vous et j'aimerais vous connaître. Mon nom est Hubert Bonisseur de la Bath.

Elle me considéra froidement.

— Et alors ? fit-elle.

— Permettez-moi de vous offrir un verre, ainsi qu'à vos amies.

La brune au type slave se remit sur ses pieds et dit en allemand qu'elle devait aller se préparer. Pulchérie me regardait avec des yeux ronds. Isa Belle accepta enfin, sans un sourire :

— Si vous voulez.

Elles demandèrent deux vodkas. Pulchérie était française, elle aussi. Nous bavardâmes, cependant qu'une grosse rousse habillée de plumes phosphorescentes dansait un cha-cha sur la piste baignée de lumière noire.

Isabelle et Pulchérie m'apprirent qu'elles travaillaient habituellement ensemble et uniquement dans les pays nordiques, pour la simple raison que dans ces pays on ne les obligeait jamais à faire les entraîneuses entre leurs numéros.

— C'est pas qu'on n'aime pas les hommes, précisa aimablement Pulchérie, mais on aime bien se les choisir toutes seules.

Elle avait un visage amusant, avec un museau pointu, et une voix teintée d'accent faubourien. Je me crus obligé de lui faire compliment sur ses adorables petites fesses.

— C'est fou, me répliqua-t-elle avec fierté, même les femmes, quand je m'approche trop près, je sens qu'elles ont envie de toucher…

Elle tendait sa main ouverte en coupe pour mimer le geste. Isa Belle la gronda :

— Tu as fini ?

— Ben quoi ? s'étonna l'autre. C'est la vérité, non ?

Les attractions se terminaient. Isa Belle m'indiqua qu'elles devaient encore passer deux fois et que le cabaret fermait à 1 h 45. Je l'invitai à danser. Mon intention était d'aller droit au but, sans finasseries. Dès que nous fûmes sur la piste, elle me facilita les choses en demandant :

— Qui vous a parlé de moi ?

— Bill, répondis-je.

Je l'observais. Elle fronça les sourcils et répéta d'un ton interrogateur :

— Bill ?... Lequel ?

Qu'elle connût plusieurs Bill n'avait rien d'extraordinaire.

— Celui que vous avez rencontré à Leningrad, le mois dernier.

— Ah, bien sûr, s'exclama-t-elle sans la moindre réticence. Comment va-t-il ?

— Je n'en sais rien. Mais il m'a écrit pour me dire qu'il vous avait confié quelque chose à mon intention...

Elle parut sincèrement étonnée.

— Confié quelque chose ?... Mais Bill ne m'a rien confié du tout. Qu'est-ce que c'est que cette histoire ?

— Il m'a envoyé une carte à Washington, insistai-je. Par cette carte, il m'informait que vous seriez ici ce mois-ci et que vous auriez des photographies à me montrer...

— Des photographies ? Mais il ne m'a jamais confié de photographies. Vous pouvez me montrer cette carte ?

Hélas, je ne pouvais plus puisqu'elle devait être maintenant en possession de Brise-glace et de son équipe.

— Je n'ai pas jugé utile de l'apporter, dis-je.

Elle fit un mouvement d'épaules pour exprimer son impuissance.

— Je regrette, mais je ne vois pas de quoi il s'agit.

L'idée me vint alors pour la première fois que Bill avait pu lui confier les photocopies *à son insu*, c'est-à-dire dissimulées dans un objet quelconque. Mais une autre hypothèse était également possible. Isa Belle avait refusé, à Helsinki, de travailler pour notre service. Si elle s'était rendu compte de ce que Bill voulait lui faire sortir de Russie, elle avait pu le détruire immédiatement, refusant de courir le moindre risque. Dans ce dernier cas, elle n'avouerait jamais et même si elle avouait nous ne serions pas plus avancés.

— Bill était reporter-photographe, repris-je. Les films qu'il avait pris pouvaient déplaire aux Russes. Il a pu les dissimuler dans un objet quelconque. Réfléchissez, il vous a sûrement remis quelque chose...

— Absolument rien, répliqua-t-elle sèchement. Et s'il avait agi ainsi, ce serait un beau salaud.

La danse était terminée. L'orchestre enchaînait, mais Isa Belle décida :

— Nous retournons au bar.

Je la suivis, perplexe. Il était évidemment possible que Bill ait eu la possibilité de cacher les documents dans les affaires d'Isa Belle sans que celle-ci ait pu s'en rendre compte. Il ne me restait plus alors qu'un seul moyen de mener ma mission à bien : devenir suffisamment intime avec la jeune femme pour obtenir d'elle le récit détaillé de ses relations avec Bill et pouvoir fouiller ses bagages aussi complètement que possible.

Pulchérie était encore là. Je fis remplir nos verres et m'employai à faire rire les deux filles afin d'amener Isa Belle à se décontracter. Deux fois, elles me quittèrent pour refaire leur numéro. Après la seconde fois, ce fut la fermeture. Pulchérie me demanda si je voulais les emmener boire un verre dans un autre cabaret, sur Leidseplein, qui ne fermait qu'à 4 heures.

Nous sortîmes et traversâmes la rue pour prendre un taxi à la station. Alors que la voiture démarrait, il me sembla reconnaître, sur l'autre trottoir, la haute silhouette et la figure caractéristique de Brise-glace. Mais Isa Belle se pencha juste à ce moment, me bouchant la vue, et lorsque je me retournai pour regarder par la vitre arrière la silhouette inquiétante avait disparu.

Il pleuvait toujours et à cette heure avancée de la nuit, la circulation était presque nulle. Pulchérie bavardait avec animation, ce qui m'arrangeait bien car j'étais fort préoccupé. Le taxi tourna bientôt à gauche pour s'engager dans Leidsestraat et je vis qu'une Mercedes noire, du même type que celle utilisée par Brise-glace, nous suivait. Il existait beaucoup de Mercedes 220 noires en Hollande, mais de le savoir n'enlevait rien à mon malaise. Si Brise-glace avait lui aussi retrouvé la trace d'Isa Belle, il allait y avoir du sport dans Amsterdam.

Nous descendîmes sur Leidseplein, devant le Blue Note. La Mercedes noire continua tout droit et il me fut impossible de voir si j'en connaissais ou non les passagers.

Le Blue Note était d'une classe au-dessus du Trocadéro, mais tous les noctambules d'Amsterdam semblaient s'y être donné rendez-vous. Nous trouvâmes des places au second bar, tout au fond, avec vue sur la piste par une demi-lune grillagée. La barmaid, une très jolie brune, vint nous demander ce que nous désirions…

Nous parlions français. Un de nos voisins les plus proches, un homme blond, massif et lourd, s'immisça dans la conversation. Un petit pédéraste vint prévenir Isa Belle, en allemand, que notre nouvelle connaissance était un maquereau, de nationalité suisse. Vrai ou faux, le Suisse n'en avait pas moins une personnalité intéressante, quoique pessimiste, et nous l'acceptâmes. Pulchérie, ayant déjà admis que je m'intéressais exclusivement à Isa Belle, tenta de faire la conquête du soi-disant maquereau, mais sans grand résultat. Peut-être la trouvait-il trop petite, peut-être estimait-il qu'elle ne faisait pas le poids.

Un quart d'heure plus tard, un couple arriva, que mes deux strip-teaseuses connaissaient et qui se joignit à nous. La femme était une Noire américaine, chanteuse de blues, avec des dents proéminentes et des cheveux défrisés dont la coiffure la faisait ressembler à une reine égyptienne de l'antiquité. Elle était très gaie, très m'as-tu-vue, la voix haute et le geste large. Lui avait une tête de boxeur et l'allure générale d'un play-boy. Il était Hollandais, mais avait longtemps vécu en Indonésie et roulé sa bosse dans tout l'Orient.

C'était une réunion très intéressante et pleine de possibilités. En d'autres circonstances, j'aurais pu en profiter et m'amuser follement, mais j'étais inquiet, un peu plus, même : angoissé. J'étais toujours certain que Bill n'avait pas menti et qu'Isa Belle représentait bien la clé du problème posé, mais j'étais tout aussi certain que l'on ne me laisserait pas tâter la serrure à loisir.

La chanteuse noire, qui s'appelait ou se faisait appeler Phyllis Pike, me demanda de la faire danser. J'acceptai, car cela me donnait l'occasion de jeter un coup d'œil un peu partout, l'architecture de l'établissement étant plutôt compliquée. Nous dansâmes deux cha-cha et un slow très rythmé tout en parlant de La Nouvelle-Orléans qu'elle connaissait bien. Je suis moi-même originaire de Louisiane, né à Lacombe, sur la rive nord du lac Pontchartrain, dans un domaine qui appartient aux Bonisseur de la Bath depuis plus de cent cinquante ans, et cela me fit plaisir de bavarder un peu du pays.

Quand nous revînmes, Isa Belle et le prétendu maquereau suisse n'étaient plus là. Pulchérie m'indiqua qu'ils étaient partis danser. Je ne les avais pas vus sur la piste, mais cela ne voulait rien dire. Néanmoins, mon angoisse redoubla et je repartis sous prétexte d'aller me laver les mains. À mi-chemin je rencontrai le Suisse.

— Vous avez perdu Isa Belle ? demandai-je en m'efforçant de sourire avec toute la décontraction désirable.

— Non, répliqua-t-il. Elle est aux toilettes, probablement pour se refaire une beauté…

Je continuai pour aller me laver les mains, mais je ne vis pas Isa Belle. Je fis un tour jusque dans le hall. Le portier vint sur moi :

— Vous cherchez la dame qui est arrivée avec vous ? questionna-t-il.

J'acquiesçai.

— Elle vient de sortir avec un ami, m'assura-t-il.

— A-t-elle pris son manteau ?

— Non, elle est sortie comme ça.

Je franchis la porte et m'arrêtai sur le trottoir. Il pleuvait toujours. Un groupe de personnes traversait la place en direction de la station de taxis, au-delà de l'arrêt des tramways. Aucune trace d'Isa Belle. Je fis quelques pas dans un sens puis dans l'autre, regardant l'intérieur des voitures en stationnement. Sans plus de résultat. Je rentrai, frigorifié, mis un billet dans la main du portier.

— Comment était cet ami, avec qui elle est sortie ?

Il me prit pour un cocu et une lueur ironique éclaira un court instant ses yeux petits et trop rapprochés, mais il me renseigna de bonne grâce.

— Un grand blond avec une tête en coupe-vent.

Il leva ses mains devant son visage et les fit se joindre verticalement, formant un angle aigu. J'avais compris. De nouveau, l'adversaire venait de marquer un point, mais je n'avais pas dit mon dernier mot. Il était peu probable qu'Isa Belle eût les documents sur elle. Si elle les avait, ils étaient plutôt dans les bagages, c'est-à-dire dans sa chambre. Il me restait Pulchérie pour savoir où se trouvait cette chambre. Il me fallait seulement agir vite.

Pulchérie n'était plus au bar du fond, mais la chanteuse de blues, toutes dents dehors, me dit qu'elle dansait avec son ami hollandais. Elle me les montra sur la piste. Ils avaient l'air de bien s'entendre et je craignis que leur tête-à-tête ne s'éternisât.

— Où est Isa Belle ? demanda Phyllis Pike.

— Elle a eu un malaise, répondis-je. Elle est rentrée.

— Oh, je suis désolée…

J'appelai la jolie barmaid brune et payai toutes les consommations ; puis, sans prendre congé des autres, j'allai jusqu'en bordure de piste faire signe à Pulchérie de venir me rejoindre. Elle lâcha son cavalier et arriva tout de suite.

— Qu'est-ce qui se passe ? demanda-t-elle, les sourcils froncés.

— Isa Belle est partie, dis-je. Elle ne se sentait pas bien. Elle m'a prié de vous prévenir et voudrait que nous allions la rejoindre chez elle pour bavarder un peu.

Pulchérie était un être simple qui tenait toujours se laisser aller naturellement à ses sympathies. Je lui étais sympathique et l'idée ne l'effleura même pas que je pusse lui mentir.

— On y va tout de suite ? s'enquit-elle simplement.

Le Hollandais au visage de boxeur approchait.

— Alors ? questionna-t-il. On ne danse plus ?

— Non, répliqua sèchement Pulchérie.

Il hésita un instant, comprit qu'il était de trop et reprit la direction du bar.

— Il m'em…, affirma Pulchérie. Des mecs comme lui, j'en ai rien à f… ! On y va ?

Nous gagnâmes le vestiaire. J'avais les tickets et la préposée nous donna le manteau d'Isa Belle avec les nôtres. Pulchérie s'étonna :

— Elle est partie comme ça ?

— Oui, dit la préposée. Quand je l'ai vue sortir en robe, j'ai pensé qu'elle allait prendre froid.

— Elle est complètement ravagée ! lança Pulchérie.

Je l'aidai à enfiler son manteau et elle prit sur son bras celui de son amie. Nous sortîmes en direction de la station de taxis, située de l'autre côté de la place, derrière l'arrêt des tramways. Il n'y avait pas de voitures en stationnement et nous dûmes attendre.

— Vous habitez ensemble ? demandai-je.

— Oui, dans une pension de famille près de Rembrandtplein.

— C'est loin ?

— On peut y aller à pied, mais ça nous prendra bien vingt minutes, une demi-heure… Et je crève de froid.

Elle grelottait. Je lui frottai le dos, vigoureusement. Je regrettais de n'avoir pas loué une automobile, ce qui m'aurait évité d'être à la merci de pareils contretemps. Enfin, un taxi arriva et nous nous engouffrâmes dedans. Pulchérie lança une adresse que je compris mal. Le chauffeur démarra aussitôt et tourna pour s'engager dans Leidsestraat. Pulchérie râlait contre l'inconséquence d'Isa Belle.

— C'est en faisant des conneries comme ça qu'on se retrouve un beau jour en sana. Je vous jure, j'en suis malade.

— Il y a longtemps que vous travaillez ensemble ?

— Bientôt deux ans. C'est une chic copine, Isa Belle, une gentille fille…

Elle me lança un regard inquisiteur.

— Dites donc, vous êtes le genre de type à lui plaire, vous savez.

— Elle me plaît bien aussi, répliquai-je.

— Mais, je vous préviens : faut pas lui faire de peine, à ma petite amie, hein ?

— Pourquoi voudriez-vous que je lui fasse de la peine ?

Elle fit claquer sa langue contre son palais et haussa les épaules.

— Je n'ai que vingt-deux ans, reprit-elle, mais je connais la vie. Rigolez pas, c'est vrai. Et je sens bien qu'il doit pas faire bon pour une femme de tomber amoureuse de vous.

Elle se tapota le nez avec l'index, tout en reniflant de façon éloquente.

— Il ne faut pas vous énerver, ripostai-je. Cela fait à peine quatre heures que nous nous connaissons.

— Et alors ? Moi, quand je tombe amoureuse, c'est tout de suite.

Nous franchissions des canaux sur des ponts en dos d'âne. Il bruinait et le chauffeur fit fonctionner les essuie-glaces. Nous tournâmes à droite le long d'un canal. Quelques instants plus tard, ce fut Muntplein.

— Vous étiez en Russie avec Isa Belle ? demandai-je.

— Non, je suis pas folle, moi. Elle voulait m'emmener, mais je lui ai dit ; très peu pour moi.

D'abord, Khrouchtchev, il aime pas le strip-tease, et puis depuis un moment ils arrêtent des touristes…

— Pour espionnage.

— Mon œil, fit-elle. Tout ça c'est voulu. Allez savoir !

— Isa Belle a rencontré un de mes amis, à Leningrad : Bill.

— Elle m'en a parlé.

— Que vous en a-t-elle dit ?

Nous traversions Rembrandtplein. Le chauffeur se tourna à demi vers nous pour demander un renseignement.

— Qu'est-ce qu'il veut encore, celui-là ? s'exclama Pulchérie. Moi, le Hollandais, j'y comprends couic. D'abord, c'est pas une langue, c'est une maladie de gorge. Y a qu'à les écouter…

— Vous êtes injuste.

Le chauffeur n'insista pas. Je repris :

— Isa Belle vous a parlé de Bill ?

— Oui.

— Que vous en a-t-elle dit ?

— Oh, trois fois rien. Vous savez, Isabelle, elle cause pas beaucoup de ses affaires. Faut la prendre comme elle est. Moi, ce serait plutôt le contraire, je raconte ma vie à tout le monde et c'est pas maintenant que je vais changer, pas vrai ?

Nous avions dépassé Rembrandtplein. Le chauffeur freina devant une petite rue, très étroite, et se retourna pour nous interroger d'un mouvement de tête.

— Oui, mon gars, c'est là, dit Pulchérie.

Je traduisis en allemand et payai le prix de la course. Nous descendîmes. Des palissades protégeaient des travaux entrepris dans la rue. Nous nous engageâmes dans la ruelle, mal éclairée, qui débouchait cinquante mètres plus loin sur un quai.

5

— C'est l'Amstel qui coule en face, m'indiqua Pulchérie. Au bout de la rue, à gauche, y a une boîte de pédés, mais faut être pistonné pour y entrer. Ça doit être plutôt marrant. Vous savez qu'ils ont leur journal, en Hollande ? Je vous jure !…

Elle traversa et sortit une clé de son sac pour ouvrir une porte massive peinte en vert foncé. Elle alluma. L'escalier, aussi raide qu'une échelle de meunier, avec des marches très étroites, s'élevait tout droit face à la porte, encadré par deux rampes de cordage fixées au mur. Pulchérie me laissa entrer, puis referma la porte. Elle prit les devants.

— Faites attention de ne pas vous casser la g… ! me prévint-elle.

Puis elle expliqua :

— Dans toutes les maisons du vieil Amsterdam, c'est la même chose. Y avait un impôt sur la largeur des immeubles, c'est pour ça qu'ils sont tous aussi étroits…

Elle s'interrompit pour souffler, accrochée à la rampe, le manteau d'Isa Belle au bout de son bras libre.

— Les escaliers, ça prenait trop de place, alors ils les faisaient comme ça… Vous avez vu les poulies sur tous les pignons ?… C'est pour monter les meubles.

Nous fûmes en haut. Un couloir s'enfonçait de quelques mètres à droite, un autre presque en face, à angle droit. Nous suivîmes l'un derrière l'autre le premier couloir jusqu'au bout. Je me demandais si l'adversaire était déjà là ou non. Pulchérie s'immobilisa devant la porte qui formait le fond du couloir et frappa doucement. Pas de réponse. La minuterie se déclencha et nous fûmes dans l'obscurité.

— C'est drôle, y a pas de lumière dans sa chambre, constata Pulchérie avant de rallumer. Elle dort peut-être déjà.

— Elle n'avait guère que dix minutes d'avance sur nous, murmurai-je.

Elle ralluma, passa devant moi et marcha jusqu'au tableau accroché près de l'entrée d'un bureau vitré, à l'angle des deux couloirs.

— Sa clé est là, dit-elle alors que je la rejoignais. Elle n'est pas encore arrivée…

Elle prit la clé et alla ouvrir la porte. Je suivis le mouvement. Pulchérie éclaira la chambre, pas très grande, modestement meublée, avec un lavabo dans un coin et un poêle à mazout. Nous entrâmes. Pulchérie referma la porte, rangea le manteau d'Isabelle dans la penderie, puis alluma le poêle. Un gros réveil sur une table, près du lit, indiquait 3 h 55.

— J'espère qu'elle ne va pas tarder, s'inquiéta Pulchérie. Vous avez faim ?

Tout ce qui pouvait me permettre de rester là le plus longtemps possible était bon à saisir. J'étais en effet persuadé que l'adversaire, après avoir interrogé Isa Belle, serait bien obligé de venir fouiller les affaires de celle-ci.

— Oui, répondis-je. Vous avez quelque chose à manger ?

— Vous en faites pas pour ça. Vous aimez les œufs, les saucisses et les frites ?

— J'aime tout.

— C'est bien commode.

Elle ouvrit un buffet bas, en sortit un sac en papier contenant des œufs et une boîte de saucisses de Francfort. Je lui ouvris la boîte. Elle prit le tout et dit :

— Je reviens dans dix minutes. On a une cuisine commune… Y a des bouquins sur la table, là-bas. Vous voulez refermer derrière moi ?

Elle sortit. Je refermai la porte. Tout s'arrangeait assez bien puisque je disposais maintenant d'un certain temps pour effectuer quelques sondages. J'envisageais comme la plus vraisemblable l'hypothèse que Bill avait pu dissimuler le film qu'il voulait faire parvenir dans un objet quelconque appartenant à Isa Belle, mais sans que celle-ci en soit informée. C'est un procédé que l'on utilise parfois dans notre métier, lorsqu'il n'est pas possible de faire autrement. On cache un document, sous la forme d'un microfilm de préférence, dans les bagages d'une personne au-dessus de tout soupçon et à son insu. De l'autre côté de la frontière qu'il s'agit de franchir, un autre agent récupère discrètement le document et le passeur involontaire ne se doute jamais de rien.

On utilise évidemment comme cachette un objet usuel et familier, mais qui ne risque pas d'être confisqué par la douane ni d'être abandonné en cours de route par son propriétaire. Ces impératifs, que Bill devait connaître aussi bien que moi, restreignaient le champ de mes recherches.

Les ustensiles de toilette monopolisèrent d'abord mon attention, étuis de rouge à lèvres, brosses diverses, boîtes à poudre, flacons, etc. Je ne pouvais aller vite car il me fallait examiner ces objets sous toutes leurs coutures, cherchant le moindre décollement, la moindre des soudures… Je n'avais pas terminé lorsque j'entendis des pas furtifs dans le couloir.

J'abandonnai tout et allai me placer dans le renfoncement où se trouvaient le poêle et la penderie. La poignée tourna, la porte s'ouvrit, poussée à distance, et… Pulchérie entra, précédée d'un plateau lourdement chargé qu'elle portait à bout de bras.

Elle posa le tout sur la table ronde qui se trouvait au centre de la pièce, cependant que je refermais la porte.

— Isa Belle n'est toujours pas là ?

— Toujours pas. Elle a peut-être rencontré les amis en sortant et elle a pu aller prendre un verre avec eux quelque part à côté.

— À l'Extase ?

— Qu'est-ce que c'est, l'Extase ?

— Une autre boîte près du Blue Note, juste au coin de la rue.

Je regardais les œufs au plat, les saucisses chaudes et les frites. Elle sortit du buffet un paquet de pain sous cellophane.

— Commençons, décida-t-elle. Ça va refroidir.

Nous nous assîmes l'un en face de l'autre. Elle me servit, puis se releva pour prendre une bouteille de bière dans le buffet, et deux verres. Quelqu'un frappa à la porte. Sans lui laisser le temps de réagir, je me levai et allai ouvrir brusquement. Une grande fille blonde en robe de chambre était sur le seuil, l'air hypocrite. Elle me regarda, regarda Pulchérie et dit quelques mots en hollandais.

— Qu'est-ce qu'elle raconte encore, cette c… ! grogna Pulchérie.

Je compris que l'autre s'excusait. Elle tourna les talons et rentra dans la chambre voisine dont la porte était grande ouverte. Je refermai.

— Qui est-ce ? demandai-je.

Pulchérie paraissait furieuse.

— C'est l'espionne, répondit-elle. Elle surveille tout ce qui se passe dans la maison et elle raconte tout à la patronne. On va sûrement avoir des em… !

— Pourquoi ? m'étonnai-je. Vous n'avez pas le droit de recevoir des visites ?

Pulchérie essuya un filet de jaune d'œuf qui lui coulait sur le menton.

— C'est pas ça. Elle va s'amener pour vous faire remplir une fiche. Ce qu'elle veut, c'est du fric.

— On lui en donnera.

Je mangeais de bon appétit. Je bus un peu de bière qui était malheureusement tiède. Pulchérie continuait :

— Elle va se demander pourquoi je suis là avec vous sans Isa Belle. Moi, ma chambre est à l'étage au-dessus. C'est une toute petite piaule, avec un lit d'une personne.

— Ça doit vous suffire largement, non ?

— Charriez pas, reprocha-t-elle. Les petites femmes, y en a qui aiment ça.

Quelqu'un approchait dans le couloir. Je repoussai ma chaise.

— C'est la tôlière, bougez pas, dit Pulchérie.

On frappait de nouveau.

— Entrez ! cria Pulchérie.

Une bonne femme assez étonnante apparut, vêtue d'un affreux peignoir en pilou mauve à fleurs vertes, avec des cheveux jaunes roulés dans des papillotes faites de papier hygiénique. Elle tenait à la main un calepin et un crayon. Pulchérie se mit à l'insulter avec le sourire, précisant à mon intention que l'intéressée ne comprenait pas le français.

— Parlez-vous allemand ? demandai-je.

Elle le parlait assez bien, comme la plupart des Hollandais, les deux langues étant assez proches l'une de l'autre. Elle me demanda où était Isa Belle.

— Elle va rentrer, répondis-je, nous l'attendons.

— Allez-vous rester ici ?

— Je n'en sais rien. Pour l'instant je mange.

— Je ne veux pas que l'on couche à trois dans le même lit, me prévint-elle d'un ton sévère.

— Il n'en est pas question, répliquai-je en m'efforçant de garder mon sérieux.

Elle approcha et me tendit le calepin et le crayon.

— Il faut tout de même vous inscrire, exigea-t-elle, c'est le règlement.

— Dites-lui qu'elle nous em…, intervint Pulchérie.

Toujours aussi polie. Je pris le calepin et le crayon, inscrivis le premier nom qui me passa par la tête, une fausse date de naissance, une fausse adresse. Très aimable, je rendis le tout à la bonne femme qui s'enquit, toujours sur le même ton agressif :

— Qui va payer ?

— Qui va payer quoi ?

— Vous êtes inscrit, vous devez payer le prix de la chambre.

— Le prix de quelle chambre ?

— De celle-ci.

— Dites-lui qu'elle nous em… ! répéta Pulchérie que cette discussion à laquelle elle ne comprenait rien énervait de plus en plus.

J'avais bien envie de suivre sa suggestion, car la bonne femme me tapait sur les nerfs, mais je n'avais aucun intérêt à créer un incident.

— Combien ? fis-je, résigné.

— Cinq florins.

Je les lui donnai.

— Maintenant, dis-je, allez-vous coucher et fichez-nous la paix.

— Rappelez-vous, insista-t-elle, pas à trois dans le même lit ou j'appelle la police.

Elle s'en alla, très digne.

— Quelle sale mégère, remarquai-je.

— Qu'est-ce qu'elle vous a raconté ? s'enquit Pulchérie qui était rouge de colère.

Je lui fis la traduction. Pulchérie devint pâle et se leva brusquement.

— Je vais aller lui crever les yeux, menaça-t-elle, à cette salope. C'est tout de même pas parce qu'on fait du strip-tease qu'il faut nous prendre pour des putains !

Je l'arrêtai au passage.

— Du calme. La vengeance est un plat qui se mange froid, mais pas les saucisses ni les frites.

Elle en convint et se rassit. Le temps passait. Isa Belle ne revenait pas. Malade d'inquiétude, Pulchérie ne disait plus un mot. Nous avions fini de manger et nous nous regardions.

— Vous devriez rentrer, me dit-elle enfin. Je vais coucher ici pour l'attendre.

Il m'était difficile de faire autrement. Par ailleurs, si l'adversaire revenait avec Isa Belle, il me serait peut-être plus facile d'intervenir dans la rue que dans cette pension de famille. Je remis mon imperméable.

— Où habitez-vous ? demanda Pulchérie.

Je n'allais pas lui expliquer que j'étais venu de Rotterdam sans bagages. Je lui donnai le nom du seul hôtel que je connaissais.

— À l'Amstel.

Elle haussa les sourcils, fit une moue de considération.

— Je ne sais pas si vous trouverez des taxis à cette heure-ci, reprit-elle.

Je lui tendis la main.

— Je me débrouillerai. Je vous téléphonerai dans la matinée pour avoir des nouvelles d'Isa Belle.

— Attendez.

Elle ouvrit son sac qui était sur le lit et en sortit une clé plate au bout d'un porte-clés.

— Prenez ma voiture, proposa-t-elle, vous me la rendrez demain. C'est une 2 CV bleue. Elle est au bord du quai, juste en face la ruelle. Vous ne pouvez pas vous tromper, c'est sûrement la seule avec un numéro de Paris.

Mon premier mouvement fut de refuser, puis je pensai que la voiture pouvait me servir utilement de poste d'observation, en même temps que d'abri contre la pluie.

— Merci, dis-je en prenant la clé.

Puis, afin de lui éviter des ennuis possibles, je suggérai :

— Vous pouvez dormir dans votre chambre en laissant un mot ici pour qu'Isa Belle vous prévienne dès qu'elle sera rentrée…

— Bien sûr, approuva-t-elle, je n'y avais pas pensé.

Je sortis. La porte de la chambre voisine était entrouverte, mais la chambre était elle-même plongée dans l'obscurité. Une veilleuse bleue brûlait du côté de l'escalier, éclairant suffisamment les lieux. Je descendis l'escalier, les pieds écartés à la Charlot pour avoir le plus d'adhérence possible sur les marches étroites et m'accrochant solidement à la rampe de corde. J'arrivai en bas sans incident, et ouvris la porte.

La pluie avait cessé, mais la chaussée était encore ruisselante. Je lançai un coup d'œil à gauche et à droite. Tout était désert et silencieux. Il était dans les 5 heures et le jour n'allait pas se lever avant deux bonnes heures.

La 2 CV était bien là où Pulchérie me l'avait indiqué, rangée en épi, avec d'autres voitures, en bordure de l'Amstel. J'ouvris la portière et m'installai dedans. Je pouvais surveiller le quai à gauche et à droite et la ruelle dans le rétroviseur. C'était parfait, si je voulais bien oublier le froid et l'humidité qui me pénétraient de nouveau.

Il était 5 h 15. J'avais très envie de retourner à la pension. Si Pulchérie avait suivi mon conseil, elle devait être montée chez elle et je trouverais la clé de la chambre d'Isa Belle au tableau. Je pourrais ainsi, reprendre au chaud la perquisition déjà commencée.

Mais je redoutais maintenant la voisine d'Isa Belle, celle que Pulchérie appelait « l'espionne ». Je n'avais aucune envie de me faire surprendre en flagrant délit de ce qui pourrait être pris pour un cambriolage.

Deux points lumineux attirèrent soudain mon attention dans le rétroviseur. Une voiture, phares en veilleuses, venait de s'engager dans la ruelle, arrivant de Rembrandtplein. Elle roulait doucement. Je la vis s'arrêter devant la pension de famille, puis repartir. Je me tassai sur le siège pour n'être pas vu.

C'était une Mercedes 220 noire. Elle tourna à gauche, puis se rangea un peu plus loin face aux eaux sombres de l'Amstel.

Des portières claquèrent. Trois personnes apparurent, revenant vers la ruelle. Dans la lueur d'un réverbère, je les reconnus. C'était Brise-glace et son chauffeur, encadrant Isa Belle difficilement reconnaissable dans un manteau d'homme.

Ils entrèrent dans la pension de famille. Je sortis de la 2 CV et remontai prudemment le long du quai en direction de la Mercedes.

Elle était vide et les environs étaient parfaitement déserts. Les portières n'étant pas verrouillées, je me glissai à l'intérieur et commençai une fouille minutieuse dans toutes les règles de l'art. La boîte à gants, les poches de portières, le dessous des sièges ne dissimulaient rien d'intéressant. Ce fut seulement sous le tableau de bord que je découvris un Browning 9 mm Parabellum à treize coups, fixé par des agrafes de telle façon qu'il était possible de l'en sortir en moins d'une seconde.

Je l'examinai. Le chargeur était plein et il y avait en plus une balle dans le canon, ce qui faisait en tout quatorze coups à tirer. Après m'être assuré que la sécurité était bien mise, je le fourrai dans la poche de mon imperméable. C'était un peu lourd, mais cela me permettrait tout de même de discuter à égalité avec l'adversaire si nous avions encore un accrochage, ce qui me paraissait plus que probable.

Les cours d'eau et les innombrables canaux qui sillonnent Amsterdam ne sont bordés d'aucune protection. Chaque année cent vingt automobiles en moyenne tombent à l'eau. Il existe une brigade spécialisée dans le renflouement de ces épaves, le coût de l'opération étant fixé forfaitairement à quarante florins, ce qui n'est pas très cher.

Je sortis de la Mercedes, desserrai le frein et poussai. La roue droite arriva la première au-dessus du vide. Je braquai un peu à gauche afin que la voiture ne restât pas bloquée sur son châssis. Avec le moteur, le plus grand poids se trouva ainsi du bon côté et le lourd véhicule bascula dès que les roues avant gauche et arrière droite atteignirent la limite du quai.

Cela fit un plouf terrible et je fus copieusement aspergé par l'énorme gerbe d'eau qui s'éleva par-dessus moi pour inonder presque toute la chaussée. Je m'éloignai en courant et m'engageai dans la ruelle, afin d'échapper aux regards des riverains que le bruit pourrait avoir réveillés et que la curiosité pousserait à ouvrir leurs fenêtres.

Je secouai mon imperméable, puis m'épongeai les cheveux avec mon mouchoir. Un chat famélique, la queue dressée droit vers le ciel, m'observait. J'éternuai. Le chat sursauta, puis s'éloigna la queue basse.

La porte de la pension de famille avait été simplement repoussée, sans que le pêne fût enclenché. Mes adversaires avaient probablement voulu s'assurer ainsi une possibilité de retraite rapide et silencieuse.

Je fis prudemment pivoter le lourd battant sur ses gonds. La veilleuse, là-haut, était toujours allumée, éclairant l'escalier d'une lumière bleuâtre, irréelle, juste assez pour me permettre de distinguer les marches.

La porte repoussée, comme je l'avais trouvée, je me mis à monter, m'aidant de la rampe gauche afin de pouvoir sortir rapidement le parabellum en cas de nécessité. Sur le palier, je fis une pause d'observation. Un filet de lumière jaune passait sous la porte de la chambre d'Isa Belle, tout au bout du couloir, et j'entendais parler. Je repris ma progression, souple et silencieux comme un Sioux sur le sentier de la guerre.

Je m'aperçus juste à temps que la porte de la chambre de « l'espionne » était largement ouverte et que celle-ci, appuyée au chambranle, écoutait ce qui se disait chez sa voisine. Elle ne m'avait pas entendu approcher, mais elle pouvait découvrir ma présence d'une seconde à l'autre et réagir d'une manière inopportune. Dans ce genre de situation il est souvent bon de prendre l'initiative et de la façon la plus naturelle.

— Qu'est-ce qu'ils racontent ? demandai-je à voix basse.

Elle sursauta et avala bruyamment de l'air. Mais cela n'alla pas plus loin. Je me rendis compte immédiatement qu'elle ne m'avait pas reconnu. Il faisait très sombre et elle n'avait peut-être pas de très bons yeux. D'instinct, elle comprit que le seul moyen de faire passer son indiscrétion était de me la faire partager. Elle me fit une petite place auprès d'elle, posant un doigt sur ses lèvres. Elle devait me prendre pour un client de la pension. Isa Belle, de l'autre côté, parlait en allemand, mais je comprenais mal ce qu'elle disait. Puis, à ma grande surprise, j'entendis la voix de la patronne qui affirmait sévèrement :

— Je ne permets pas que l'on couche à trois dans un même lit. Je veux bien que vous receviez des visites, mais un seul homme à la fois.

Pauvre Isa Belle ! Quelle réputation étions-nous en train de lui faire. Ma voisine se pencha vers moi et glissa dans le creux de l'oreille :

— C'est cette putain de strip-teaseuse française. Ça fait longtemps que j'essayais de la faire coincer.

Elle s'était exprimée en allemand, sans doute parce que je m'étais adressé à elle dans cette langue, que les autres parlaient aussi.

— Qui paye ? demanda la patronne.

— Ne vous en faites pas pour ça, je paierai, répliqua Isa Belle.

— Vous paierez ? s'étonna la bonne femme.

— Oui, vous n'aurez qu'à mettre ça sur ma note.

— Comme vous voudrez.

Cela n'avait pas l'air de lui plaire. Nous l'entendîmes se rapprocher. Ma voisine me tira en arrière et repoussa vivement le battant. Elle me saisit la main dans l'obscurité et me la serra très fort, sans doute pour m'imposer de rester tranquille. Nous entendîmes la patronne sortir de chez Isa Belle, s'éloigner dans le couloir.

Un long moment s'écoula, puis la fille chuchota :

— Vous pouvez peut-être partir, maintenant…

Mais la pression de sa main ne se relâchait pas. Je répliquai sur le même ton :

— Je vais vous demander quelque chose…

Elle étouffa une sorte de gloussement, ses ongles s'enfoncèrent dans ma paume et elle referma complètement la porte de l'autre main.

— Vous êtes tous les mêmes, enchaîna-t-elle. Vous ne pensez qu'à ça.

Elle vint contre moi, me prit par le cou, m'abreuva de noms d'animaux parmi lesquels un certain mammifère artiodactyle de la branche des porcins tenait une place de choix. Elle me mordit la bouche, puis me repoussa.

— Tu as de l'argent ? s'enquit-elle. Il me faut vingt-cinq florins.

L'obscurité était totale et je ne la voyais pas. Je me fis la réflexion que vingt-cinq florins ce n'était vraiment pas cher ; mais j'avais d'autres chats à fouetter. Elle alluma et s'appuya de l'épaule au chambranle, l'œil brillant, la bouche humide. Elle n'était pas mal du tout et capable de satisfaire un amateur de blondes grassouillettes à peau laiteuse. Elle ouvrit son peignoir en se redressant et le laissa tomber, théâtralement derrière elle. Elle portait dessous une chemise de nuit rose, de style baby-doll, très, très courte et très, très transparente.

— Alors ? insista-t-elle, ces vingt-cinq florins ?

Puisqu'elle avait tant besoin de vingt-cinq florins, je n'allais pas les lui refuser. Mais le service que je lui demanderais en échange n'était pas celui qu'elle imaginait. Je sortis d'une poche trois billets de dix guldens[1] et les lui tendis.

— Je n'ai pas de monnaie, objecta-t-elle.

— Tu peux tout garder, assurai-je.

Le geste large. Elle sourit, glissa les billets dans un sac à main qui se trouvait sur une table derrière elle et revint vers moi.

— Puisque tu es gentil, je vais être gentille aussi. C'est moi qui vais te déshabiller…

— Il n'en est pas question, ripostai-je.

Elle fronça les sourcils, essayant de comprendre.

— Tu veux… comme ça ? Mais, tu es tout trempé.

— Écoute-moi, repris-je. Je suis un détective privé et je surveille les gens qui sont chez ta voisine. Je reviendrai te voir avec plaisir demain et je te promets que cela ne sera pas du temps perdu ; mais pour l'instant, je veux seulement écouter ce qui se passe à côté. C'est pour ça que je t'ai donné les trente guldens.

Elle resta un moment sans réaction, essayant probablement de choisir entre plusieurs attitudes. Enfin, elle accepta, mais sans grand enthousiasme. Peut-être avait-elle vraiment envie de faire l'amour…

J'éteignis et rouvris doucement la porte. Une certaine activité régnait à côté, mais il me fallut un certain temps pour comprendre que l'on y faisait les bagages. Une

---

1. On dit indifféremment « florin » ou « *gulden* ».

phrase d'Isa Belle, que j'entendis nettement, me le confirma :

— Vous ne pouvez pas chercher ici ? Puisque je vous laisse faire ?

— Non, répondit la voix de Brise-glace, nous serons beaucoup plus tranquilles ailleurs. Cela peut demander des heures, peut-être une journée, peut-être deux… Et puis…

Il n'acheva pas. Mais Isa Belle avait peut-être compris comme moi qu'ils désiraient pouvoir l'interroger sans risquer d'ameuter les populations, dans le cas où ils ne trouveraient rien et penseraient qu'elle s'était moquée d'eux. De toute façon, j'en savais assez et je n'avais plus aucun intérêt à rester là. Mon explication avec Brise-glace et l'autre ne pouvait manquer d'être orageuse, et mieux valait qu'elle eût lieu dehors. Je rallumai. La fille était tout près de moi. Elle s'empêtra dans sa robe de chambre restée à terre et se baissa pour la ramasser, m'offrant un fort joli spectacle.

— Je file, annonçai-je. Quoi qu'il arrive, ne bouge pas. Ces types sont dangereux et je n'aimerais pas qu'il t'arrive malheur. Garde-toi belle pour moi.

Je lui tapotai familièrement le sein droit, bien ferme, puis le gauche, histoire de comparer. Trois secondes plus tard, j'éteignis et passai dans le couloir, refermant moi-même la porte. Je craignais que ma blonde amie, dont j'ignorais toujours le nom, ne prît l'initiative de prévenir la patronne qu'un déménagement à la cloche de bois se préparait dans la maison. J'espérais l'avoir suffisamment effrayée pour qu'elle se tînt tranquille.

Je regagnai la rue aussi vite qu'il m'était possible de le faire en silence. Le Parabellum pesait lourd dans la poche de mon imperméable, mais j'étais bien content de l'avoir. Il y avait en effet gros à parier que Brise-glace avait épuisé sa provision de magnanimité à mon égard et qu'il n'hésiterait plus maintenant à me supprimer, purement et simplement, s'il pouvait le faire. L'enjeu était beaucoup trop important pour que l'on pût continuer de part et d'autre à se faire des cadeaux.

Le chat était revenu. Que pouvait-il bien attendre là ? Mystère. Je passai outre et tournai à gauche le long du quai. Un escalier extérieur conduisant au sous-sol d'une maison me parut être tout à fait ce qui me convenait. Je descendis et m'accroupis là. C'était en tout point parfait : une vraie tranchée bétonnée qui constituait en même temps un excellent poste d'observation.

Je les vis arriver cinq minutes plus tard, chacun portant une lourde valise. Ils marchaient l'un derrière l'autre en se déhanchant. Le chauffeur en tête, Isa Belle au milieu, Brise-glace fermant la marche. Isa Belle, qui était seule à porter sa valise à droite, se déhanchait à contretemps.

Ils ne s'aperçurent qu'au dernier moment de la disparition de leur voiture. Le chauffeur jura, laissa tomber brutalement sa valise. Puis il fit rapidement quelques pas en arrière afin d'avoir une vue d'ensemble des véhicules stationnés là, espérant sûrement s'être trompé. Isa Belle avait elle aussi posé sa valise, mais sans lâcher la poignée. Comme elle était grande, cela l'obligeait à conserver une étrange position, toutes fesses dehors. Brise-glace se débarrassa le dernier et s'étonna :

— Où est-elle passée ?

Il rejoignit l'autre. Tous deux avaient la main droite à la poche et ce n'était sûrement pas pour y jouer avec des pièces de monnaie. J'attendais, pour intervenir, de les voir se relâcher un peu et aussi s'éloigner suffisamment d'Isa Belle afin qu'ils ne fussent pas tentés de l'utiliser comme bouclier. Ils marchèrent jusqu'au bord du quai, à sept ou huit mètres de moi. Bien calé dans l'ombre, je levai le Parabellum au-dessus de la rampe de pierre et lançai, juste assez fort pour qu'ils pussent m'entendre :

— Les mains en l'air et ne bougez plus…

Je n'eus pas le temps d'en dire plus. Comme à l'exercice, ils pivotèrent en se baissant, pareils à deux vrilles qui se seraient enfoncées dans le sol, et tirèrent à travers leurs poches. Ces premiers coups, tirés au jugé, n'étaient sûrement destinés qu'à me paralyser, sous le coup de la surprise, afin de pouvoir doubler en visant. Mais ils ne me virent pas et restèrent comme deux idiots, à me chercher vainement du regard dans tous les coins d'ombre. Isa Belle n'avait pas bougé. Toujours courbée, elle donnait l'impression d'être rivée à la poignée de sa valise.

— Lâchez vos armes, repris-je tranquillement, et mettez vos mains sur la tête.

Cette fois, ils savaient où j'étais. Mais le sommet de mon crâne et mon poing droit alourdi du Parabellum n'offraient qu'une cible des plus réduites et à cette distance ils ne pouvaient m'avoir qu'en visant soigneusement et à condition bien entendu que l'un d'entre eux au moins fût un tireur d'élite. Viser soigneusement, ils savaient bien que je ne leur en laisserais pas le loisir et que je les aurais abattus tous les deux avant même qu'ils aient pu dégainer. Car eux m'offraient deux cibles larges et bien groupées…

Ils tirèrent néanmoins. Une balle s'écrasa sur la rampe de pierres, m'aspergeant d'éclats, l'autre brisa une vitre au-dessus de moi. J'entendis quelqu'un hurler et ripostai, aussi à l'aise qu'au stand de tir, visant le sol entre les deux hommes toujours accroupis.

Ils avaient pu douter jusque-là que j'étais bien armé. C'était possible car à partir de cet instant ils n'insistèrent plus. Avec un magnifique ensemble, ils basculèrent en arrière et plongèrent dans l'Amstel. Il y eut un bruit de tôle enfoncée et un cri de douleur. L'un des deux venait de retrouver la Mercedes.

J'étais déjà sur la chaussée. Je bondis vers les valises abandonnées, les ramassai l'une après l'autre et ordonnai à Isa Belle :

— Vite ! Venez !

Elle obéit sans discuter et me suivit avec la troisième valise. Je courus jusqu'à la 2 CV de Pulchérie, ouvris la portière arrière, chargeai les deux valises sur la banquette. Plus de place. Je bondis derrière. La porte de malle était fermée à clé et je perdis du temps à l'ouvrir. Isa Belle était là. Nous entendions des fenêtres s'ouvrir, des gens parler fort.

— Donnez, vite.

— Je ne peux pas, répondit-elle.

Je vis alors que son poignet était solidement attaché à la valise par une grosse ficelle. Une idée de Briseglace, probablement, pour l'empêcher de s'enfuir. Je sortis mon couteau, l'ouvris et coupai rapidement la ficelle.

— Montez !

Elle s'installa dans la 2 CV, cependant que je poussais la dernière valise dans le compartiment arrière dont je laissai simplement retomber le couvercle.

Je bondis au volant. Le démarreur peinait à faire tourner le moteur et je craignis que la batterie ne rendît l'âme ; mais il y eut une explosion, puis deux, et enfin le moteur se mit à fonctionner, avec ce bruit infernal caractéristique des deux chevaux.

J'enclenchai la marche arrière, desserrai le frein, enfonçai l'accélérateur. Nous bondîmes en arrière. L'instant d'après, nous filions plein gaz en direction de Muntplein…

— Indiquez-moi la direction de la gare, demandai-je.

Elle me répondit d'un ton furieux.

— Je n'ai pas l'intention de quitter Amsterdam.

— Il ne s'agit pas de quitter Amsterdam, répliquai-je, mais seulement de brouiller les pistes. Et que vous le vouliez ou non, vous êtes en danger de mort.

— Je ne comprends rien à cette histoire, explosa-t-elle, et je commence à en avoir plein le dos. Conduisez-moi à la police…

— Où ?

— Je ne sais pas…

— À la gare, il y a sûrement un commissariat…

— La gare, c'est tout droit.

Nous traversâmes Muntplein et nous engageâmes sur le Rokin. Il me restait quelques minutes pour convaincre Isa Belle que la police ne pouvait être mêlée à cette histoire. Si elle refusait de se laisser convaincre, il me faudrait alors la contraindre. Et je savais déjà que cela ne me serait pas très agréable.

— J'ignore ce que vous ont raconté les autres, repris-je, mais moi, je vais jouer cartes sur table avec vous. Nous avons toutes les raisons de croire, et « ils » ont toutes les raisons de croire que vous possédez un document qui vous a été confié par Bill à Leningrad, peut-être à votre insu… Ce document est d'une telle importance qu'ils sont prêts à tout pour le récupérer, et que nous sommes prêts à tout pour mettre la main dessus. Me suis-je bien fait comprendre ?

— Vous voulez dire que ceux qui ont essayé de m'enlever tout à l'heure travaillent pour les Russes et que vous, vous travaillez pour les Américains ?

— C'est ça. J'ai peut-être tort de vous le dire... J'ignore vos opinions politiques.

— Je n'ai pas d'opinions politiques. Il y a simplement que je peux exercer mon métier dans certains pays et pas dans d'autres. Ceci dit, je n'ai aucune envie de recevoir une balle perdue au cours d'un numéro comme celui que je viens de voir. Merci bien. Je vais me mettre sous la protection de la police et...

— Et ?

Elle soupira. Je repris.

— Vous n'ignorez certainement pas que les services secrets soviétiques sont les mieux organisés du monde et qu'ils disposent d'un personnel innombrable. Même si vous réussissiez à vous faire mettre en prison pour le restant de vos jours, ils arriveraient quand même à vous atteindre.

— Bill ne m'a rien confié et je n'ai rien à me reprocher.

— Ils sont persuadés du contraire.

— Et vous ?

— Moi ?... Je crois que vous possédez ce document, mais que vous l'ignorez.

— C'est gai.

Nous restâmes silencieux quelques instants. J'apercevais au loin, droit devant, les lumières de la gare centrale. Isa Belle toussota, puis :

— Qu'est-ce que vous proposez ?

— Vous restez avec moi, sous ma protection. Nous passons ensemble vos bagages au peigne fin. Si nous trouvons le document, j'en fais une copie que je garde, et vous allez vous-même remettre l'original à mes petits copains d'en face ; pour vous dédouaner auprès d'eux. Ça vous plaît ?

— Rien ne me plaît dans cette histoire, répliqua-t-elle. Mais je pense que votre plan peut me convenir…

6

Le hall de la gare était pratiquement désert lorsque j'arrêtai la 2 CV devant.

— Vous allez entrer avec les valises, dis-je, et m'attendre quelques instants. Le temps de garer la voiture…

Nous descendîmes. Elle prit une valise et je pris les deux autres. Je la conduisis près de la librairie Bruna.

— Attendez-moi ici. Surtout ne bougez pas.

Je regagnai la 2 CV et la menai jusqu'à un parc de stationnement voisin. Là, utilisant mon couteau, je coupai les fils de contact derrière le tableau de bord, les mis à nu pour les réunir, puis les séparai en arrachant. Je mis la clé dans ma poche et revins à pied vers la gare : Isa Belle m'attendait.

Vers 6 h 15, un train arriva et un flot de voyageurs se déversa dans le hall. Nous saisîmes nos valises et nous glissâmes dans le courant. Quelques minutes plus tard, nous étions installés dans un taxi.

— Amstel Hotel, dis-je.

Nous restâmes silencieux pendant tout le trajet, craignant que le chauffeur ne comprît le français ou l'allemand, les deux seules langues qu'Isa Belle connaissait.

Devant l'hôtel, je fis attendre le taxi et Isa Belle resta dedans, car je n'étais pas certain d'obtenir une chambre. Il n'y avait personne à la porte et des femmes de ménage s'affairaient dans le hall. Un concierge de nuit était au bureau.

— J'ai fait téléphoner hier de Bruxelles pour retenir deux chambres communicantes, lui dis-je avec un superbe aplomb. Bonisseur de la Bath, c'est mon nom.

Il chercha dans le livre des réservations et n'y trouva rien, évidemment. Je me mis à pester contre la négligence de certains employés.

— C'est très ennuyeux, reprit mon interlocuteur, car je crois bien que nous n'avons rien, absolument rien de libre.

Je sortis une coupure de dix guldens et la fis craquer entre mes doigts. Il chercha mieux et me trouva une chambre à deux lits avec salle de bains, à trente-cinq guldens par jour, plus cinq guldens et vingt-cinq cents de service.

— *Okay!* fis-je.

Il parvint à dénicher un chasseur de nuit qui arriva en se frottant les yeux avec ses poings, étouffant un bâillement qui me donna envie d'en faire autant et me fit sentir d'un coup que quelques heures de sommeil pourraient me faire le plus grand bien.

Je dis à Isa Belle de descendre et réglai le chauffeur du taxi qui aida le chasseur à porter les valises dans le hall. Les valises d'Isa Belle n'étaient peut-être pas de celles que le chasseur avait l'habitude de transporter. Il les examina ostensiblement, intéressé par les étiquettes d'hôtel de troisième ordre qui les couvraient presque entièrement, puis me regarda d'un air soupçonneux, se demandant visiblement si j'aurais les moyens de payer ma note.

Je laissai mon passeport au concierge et nous montâmes. L'appartement 126 était vaste, confortable, depuis peu refait à neuf. Isa Belle regarda les deux grands lits, chercha une porte de communication.

— Vous croyez que je vais rester ici avec vous ? demanda-t-elle sur un ton de défi.

— Je serai sage comme une image, promis-je. De toute façon, c'était la seule chambre libre.

— C'est vous qui le dites.

— Ne nous disputons pas. Si vous y tenez, je dormirai dans le vestibule ou dans la salle de bains.

Elle haussa les épaules.

— Ce sera vraiment pratique.

— Je pense que nous devrions dormir maintenant quelques heures.

— C'est une très bonne idée.

Elle sortit d'une valise ses sous-vêtements de nuit et passa dans la salle de bains. Pour moi, qui étais sans bagage, il n'y avait pas trente-six solutions. Je me déshabillai et me couchai tout nu, dans le lit le plus proche de la fenêtre, celui près duquel était le téléphone.

Isa Belle revint un quart d'heure plus tard, démaquillée, les cheveux brossés. Elle ôta sa robe de chambre, apparut dans une légère et courte chemise de nuit blanche, se glissa dans l'autre lit.

— Je voudrais téléphoner à Pulchérie, dis-je.

— Il n'y a qu'un téléphone chez la patronne, répondit-elle. Et à cette heure-ci, personne ne répondra. Il faut attendre 8 heures.

Le temps pour les policiers d'identifier la 2 CV, puis de la retrouver, enfin d'arriver jusqu'à sa propriétaire. Il n'y avait pas le feu dans la rivière. J'éteignis.

— Dormez bien.
— Je vais essayer.
Elle éteignit de son côté.

*

J'ai toujours eu la faculté de pouvoir me réveiller à une heure déterminée à l'avance. J'ouvris un œil à 8 heures, assez péniblement, et me soulevai sur les coudes. Un peu de jour filtrait à travers les rideaux rouges et j'entendais le vent siffler dehors.

Isa Belle dormait profondément et je n'eus pas le cœur de la réveiller. Je pris l'annuaire du téléphone sous la tablette du lit, orientai la lampe de chevet à long abat-jour de cuivre en forme d'entonnoir, et allumai. Lorsque j'eus trouvé le numéro de la pension, je décrochai l'appareil. La standardiste me donna une ligne et je formai moi-même le numéro sur le cadran…

La sonnerie vibra longuement. Enfin, la patronne décrocha, je reconnus aussitôt sa voix désagréable.

— Je voudrais parler à mademoiselle Pulchérie, dis-je.

— Mademoiselle qui ?

— Pulchérie…

— Nous n'avons pas ça ici, je regrette.

Elle raccrocha. J'allais rappeler lorsqu'Isa Belle me dit sans ouvrir les yeux :

— Elle s'appelle Suzanne Maubrou.

— Merci…

Je recommençai. Cette fois, la bonne femme savait qui était Mlle Maubrou.

— Mais je ne peux pas la réveiller, dit-elle. Elle dort. Rappelez après deux heures…

— C'est très important et très urgent, insistai-je. Il faut absolument la réveiller.

— Qui êtes-vous ? demanda-t-elle.

— Je suis son père.

Cela dut la surprendre, car elle resta deux secondes silencieuses avant d'accepter :

— Bon, dans ce cas-là… Ne quittez pas, je vais la chercher.

Dans mon dos, Isa Belle grogna :

— C'est idiot. Pulchérie n'a plus son père depuis longtemps.

— Eh bien, ripostai-je, il était grand temps de lui en trouver un autre.

— Idiot ! répéta Isa Belle.

Puis, je l'entendis se retourner dans son lit. Trois minutes passèrent, je reconnus la voix éraillée de Pulchérie :

— Allô ? Qu'est-ce que c'est ?

— C'est Hubert, vous vous rappelez ?

— Qu'est-ce qui se passe ? Vous êtes pas un peu fou de me réveiller à une heure pareille ? Faut que je dorme, moi.

— J'ai retrouvé Isa Belle, annonçai-je, elle est avec moi.

— Ah ! Je suis bien contente.

— Maintenant, écoutez-moi bien, c'est très important. Vous m'entendez ?

— Mais, oui…

— Il y va de notre sécurité à tous… La bonne femme est près de vous ?

— Elle rôde, mais elle ne comprend pas le français, alors on s'en f… !

— Bien. À partir de maintenant, vous oubliez que vous m'avez prêté votre voiture…

Elle devint attentive. Je le sentis à une certaine qualité de silence dans l'écouteur.

— Votre voiture vous a été volée, vous ne savez pas par qui. Vous allez vous en apercevoir dans la matinée et vous irez aussitôt porter plainte.

— Mais pourquoi ?

— Ne posez pas de questions. Je fais cela pour vous empêcher d'avoir des ennuis avec la police…

— Oh ! là là ! s'exclama-t-elle. J'étais sûre que vous étiez le genre de gars à histoires. Mais, écoutez-moi bien, que vous fassiez le con, ça vous regarde. Mais n'entraînez pas ma copine dans vos salades, compris ? Sinon, vous aurez affaire à moi. Je suis peut-être pas forte, mais ça m'empêchera pas de vous crever les yeux si j'en ai envie…

Elle commençait à m'agacer. Heureusement Isa Belle devina que j'avais des ennuis et accourut à mon secours. Elle s'assit sur le bord de mon lit et me prit l'appareil des mains.

— C'est Isa Belle, dit-elle sèchement, et tu vas faire ce qu'on te demande de faire. Sinon, je vais me fâcher.

Je n'entendis pas la réponse. La lumière dirigée de la lampe de chevet éclairait le buste de la jeune femme penchée vers moi et, à travers le tissu arachnéen de la chemise, je voyais tout de ses seins lourds et fermes. C'était beaucoup plus énervant que si elle eût été complètement nue. Je sentais ma température monter et mes doigts de pieds se mettre tout seuls en éventail. Isa Belle me regarda

— Vous avez autre chose à lui dire ?

— Non, répondis-je. Moins elle en saura, mieux cela vaudra…

— C'est tout, dit-elle dans l'appareil. N'oublie rien. Je te rappellerai. Au revoir.

Elle raccrocha, se penchant davantage, à quelques centimètres de mon visage. Elle se redressa, m'examina, les sourcils soupçonneux.

— Qu'est-ce que vous avez ? Vous en faites une tête.

— J'essaie de retenir mes mains et ça n'est pas facile.

— Si vous n'avez pas envie de recevoir des gifles, répliqua-t-elle avec une ombre de sourire, vous feriez bien de continuer.

Elle me saisit les poignets, posa très rapidement ses lèvres sur le bout de mon nez et se remit debout avec une grande agilité. Elle retourna dans son lit.

— Avez-vous le courage de bavarder un peu ? proposai-je.

Le visage dans sa main gauche, en appui sur son coude, elle me considérait avec un brin d'ironie. Peut-être pensait-elle que j'étais timide et cela m'arrangeait bien. Il serait toujours temps de la détromper lorsque la conjoncture serait favorable.

— Bavarder ? Je veux bien… Vous arrêterez quand je serai endormie.

— Je voudrais que vous me racontiez votre histoire avec Bill, à Leningrad. Depuis le moment où vous l'avez rencontré jusqu'au moment où vous l'avez quitté… Avec une sincérité totale, bien entendu.

Elle fronça les sourcils.

— Qu'est-ce que vous appelez une sincérité totale ? Vous me faites peur.

— Eh bien, si vous avez couché avec lui, par exemple, il faut me le dire…

— Et combien de fois nous l'avons fait et dans quelles positions ?

— Presque.

— Je regrette, mais je n'ai pas couché avec ce garçon-là.

— Dommage pour lui. Comprenez-moi bien, je vous crois quand vous m'affirmez qu'il ne vous a rien confié. Mais je suis sûr qu'il a dissimulé quelque chose dans vos affaires et nous pouvons gagner du temps si je sais ce que vous portiez sur vous quand vous le rencontriez, les objets que vous avez pu lui montrer ou lui prêter, etc.

— Il y a autre chose que je crois comprendre, reprit-elle avec colère, c'est que si vous dites vrai, j'ai risqué gros en passant la frontière avec un truc qui aurait pu me faire fusiller. C'est dégoûtant. On n'a pas le droit de faire des coups pareils.

De son point de vue, elle avait raison. Mais, de notre point de vue à nous, qui étions de l'autre côté de la barricade, nous avions également raison. Lorsqu'il s'agit de renseignement, tous les coups sont permis, et surtout lorsque l'enjeu est aussi important que le rapport détaillé sur les plus gigantesques manœuvres jamais faites dans le Grand Nord par l'Armée rouge. De toute façon, elle exagérait en affirmant qu'elle aurait pu être fusillée. Tout au plus avait-elle risqué quelques années de prison.

Mais il eût été maladroit de ma part de lui expliquer tout ça. Si je voulais arriver à quelque chose avec elle, il me fallait conserver sa sympathie.

— Je suis tout à fait d'accord avec vous, assurai-je, mais le mal est fait et il ne sert à rien de le regretter. Il faut essayer maintenant de limiter les dégâts.

Elle se retourna pour prendre une cigarette et son briquet dans son sac à main posé sur la table de chevet de son côté. Elle alluma tranquillement la cigarette, conserva le briquet éteint dans sa main droite.

— Je pense, reprit-elle, que le meilleur moyen pour moi de limiter les dégâts serait d'aller rendre le truc aux Russes en leur expliquant ce qui s'est passé et avec toutes mes excuses…

J'étais étonné qu'elle n'y eût pas pensé plus tôt.

— Vous êtes française, et votre pays est intéressé dans cette histoire au même titre que les États-Unis. Vous ne pouvez pas faire ça.

Elle leva les épaules et regarda le plafond en soupirant.

— Vous me faites rigoler… Est-ce que j'ai une tête à risquer ma peau pour mon pays ?… Le patriotisme, je trouve ça un peu démodé. Et puis, ce n'est pas une affaire de femme.

— Vous ne pensez pas ce que vous dites.

— C'est bien possible, mais ça ne change rien.

Je ne devais pas la laisser continuer dans cette direction.

— Vous pouvez évidemment, si vous retrouvez le document, le restituer aux Russes sans me le montrer. Mais je dois alors vous prévenir honnêtement que je serai obligé de tout raconter dans mon rapport ; ce qui vous vaudra sûrement des ennuis avec les autorités de votre pays. Il est probable qu'après cela vous ne pourrez plus rentrer en France, et vous serez fichée dans tous les pays occidentaux, ce qui ne vous facilitera sûrement pas l'existence. Surtout avec le métier que vous faites…

Elle tira une bouffée de sa cigarette, se retourna de nouveau pour aller prendre sur la table de chevet un cendrier qu'elle amena devant elle sur la couverture.

— Vous ne me ferez pas ça, objecta-t-elle. Vous n'êtes pas un salaud.

— Pour qui vous prenez-vous ? répliquai-je. Vous n'êtes ni ma sœur, ni ma femme, ni ma maîtresse. Nous nous connaissons depuis tout juste huit heures et je ne vois vraiment pas pourquoi je trahirais mon service et mon pays à cause de vous…

— Ce ne serait pas une trahison, tout juste une omission.

— N'insistez pas.

Elle aspira de la fumée, la rejeta lentement par le nez.

— Alors ? fit-elle.

— Alors, vous prenez vos responsabilités. Ce que je peux vous dire encore, c'est que si vous me permettez de retrouver ces documents, vous n'aurez pas affaire à un ingrat.

Elle eut un mouvement de recul, comme si je l'avais giflée.

— Je ne vous demande rien, je n'ai pas besoin d'argent.

Je restai silencieux. Nous nous observions. Elle détourna soudain la tête pour tirer sur sa cigarette, puis me regarda de nouveau.

— Bon, fit-elle. Qu'est-ce que vous voulez savoir ?

— Comment vous avez fait la connaissance de Bill, à Leningrad, et tout ce que vous avez fait ensemble.

Elle baissa les yeux, comme si elle essayait de se souvenir. Elle bougea et le voile transparent de sa chemise se tendit sur ses seins dont les aréoles devinrent nettement visibles.

— J'étais restée un mois à Helsinki, commença-t-elle, au…

Je l'interrompis.

— Je sais tout cela ? Racontez à partir de l'instant où vous avez vu Bill pour la première fois…

— Alors, c'était à Leningrad. Je m'étais inscrite à l'Intourist pour une visite organisée du musée de l'Hermitage. Le rendez-vous était dans le hall de l'Astoria. C'est un hôtel et c'est là que j'habitais…

Je connaissais l'Astoria sûrement aussi bien qu'elle, mais je ne pouvais le lui dire.

— Nous nous sommes retrouvés une douzaine environ. J'étais la seule femme. Les autres faisaient partie d'une mission commerciale allemande, excepté Bill. Nous avions été mis dans ce groupe parce que nous comprenions tous les deux l'allemand et que cela faisait l'économie d'un guide-interprète à l'Intourist... Pendant la visite, alors que nous étions dans une salle où il y avait des tableaux de peintres français, le guide a cru bon de faire savoir aux autres que j'étais française. C'est après cela que Bill est venu se présenter. Il parlait assez bien le français et il était sympathique. Il me dit qu'il habitait l'Astoria, lui aussi, qu'il était un Américain, et qu'il visitait la Russie en voyage individuel organisé. Lorsque nous sommes rentrés à l'hôtel, il m'a invitée à dîner. Nous nous sommes retrouvés dans le hall à 8 heures, nous avons dîné au restaurant de l'hôtel puis nous sommes allés au théâtre, voir un spectacle de music-hall...

— Il fumait ?

Elle tapota de l'index sa cigarette au-dessus du cendrier posé sur le lit.

— Oui, beaucoup.

— Quand vous étiez ensemble, c'est lui qui vous donnait du feu ou bien vous demandait-il votre briquet ?

— C'est lui qui me donnait du feu, avec son briquet.

— Continuez...

— Après le théâtre, nous sommes rentrés à l'hôtel. Il m'a accompagnée jusqu'à la porte de ma chambre. Il s'était mis brusquement à me faire la cour et il voulait que je le laisse entrer. J'ai refusé...

Elle s'interrompit, étouffa un bâillement, puis me regarda bien en face, comme dans l'attente d'une question.

— Il ne vous plaisait pas ? demandai-je. Ou bien était-il maladroit ?

— Il savait parler aux femmes, mais il y avait quelque chose en lui qui me gênait. Encore maintenant, je ne saurais pas vous expliquer… De toute façon, même s'il m'avait plu énormément, je ne l'aurais pas laissé entrer dans ma chambre ce soir-là. Avec le métier que je fais, les hommes ont tendance à me prendre pour une fille facile. C'est pourquoi, même si j'ai le coup de foudre, je ne cède jamais le premier soir. C'est un principe.

Elle écrasa ce qui restait de sa cigarette dans le cendrier, puis allongea le bras derrière elle pour aller en chercher une autre qu'elle alluma aussitôt.

— Le lendemain matin, reprit-elle en soufflant un jet de fumée, nous sommes ressortis ensemble. Nous nous sommes promenés à pied dans la ville, principalement sur la Perspective Nevsky, Nous avons fait quelques achats, puis nous sommes revenus déjeuner à l'Astoria…

— Il vous a offert quelque chose, un souvenir quelconque ?

— Non, pas à ce moment-là.

— Plus tard ?

— J'étais fatiguée et j'avais décidé de faire la sieste. Vers 3 heures, il est venu frapper à ma porte pour m'annoncer qu'il était obligé de partir. Il m'a donné une poupée gigogne, vous savez… ces poupées en bois qui s'emboîtent les unes dans les autres.

Je connaissais bien ce jouet typiquement russe, mais mon cœur avait bondi.

— C'est tout ce qu'il vous a donné ?

— Oui. Je n'aurais pas accepté davantage. Il n'y avait rien eu entre nous et il n'y avait aucune raison pour…

— Je voulais dire : autre chose dans le même genre.

— Non. Il m'a donné ces poupées et il m'a fait jurer de ne pas m'en séparer, quoi qu'il arrive. J'ai cru que c'était un sentimental et qu'il était un peu amoureux de moi. Je lui ai promis tout ce qu'il voulait…

— Cette poupée, vous l'avez toujours ?

— Certainement.

— Elle est ici, dans vos valises ?

— Je suppose.

Je tendis le bras pour attraper mon slip sur le tapis et l'enfilai sous les draps. Après quoi je sortis du lit.

— Nous allons regarder ça tout de suite, dis-je. Je parierais gros que si Bill vous a chargée de quelque chose, ce quelque chose se trouve dans ces poupées.

J'allumai toutes les lumières.

— Vous rappelez-vous dans quelle valise vous l'avez mise ?

Elle fronça les sourcils, se redressa pour s'asseoir dans le lit, puis secoua négativement la tête.

— Vous savez, les deux types y ont mis la main, eux aussi, pour que ça aille plus vite. Et puis, j'étais bien trop émue pour savoir ce que je faisais…

— Tant pis, on va tout vider.

— Vous voulez que je vous aide ?

— Ça irait plus vite.

Elle posa cendrier et cigarette sur la tablette de chevet, rejeta les couvertures et se leva, découvrant ses longues jambes jusqu'au sommet des cuisses.

— Prenons-en chacun une, décidai-je.

Je mis une valise à plat sur la moquette et m'agenouillai devant pour l'ouvrir. Isa Belle en fit autant avec une autre valise, tout près de moi. Elle n'avait pas jugé utile d'enfiler son peignoir et le spectacle qu'elle m'offrait, reflété dans les miroirs des placards, avait plutôt tendance à monopoliser mon attention au détriment du contenu des bagages. Nous nous mîmes néanmoins sérieusement au travail, vidant tout sur la moquette, pièce par pièce. Nous ne trouvâmes rien.

— Elle est sûrement dans l'autre, décréta Isa Belle en remettant tout en place.

Je me relevai et portais la troisième valise sur mon lit. Après quelques instants, Isa Belle vint me rejoindre. J'avais sorti le pardessus d'homme dans lequel je l'avais vue arriver en compagnie de Briseglace et de l'autre.

— Ils vous en ont fait cadeau.

— Ils ne voulaient pas l'emporter comme ça, alors ils l'ont mis là.

Je sortis tout méthodiquement, mais sans trouver la poupée.

— C'est impossible, explosa Isa Belle. Ils ont fouillé eux-mêmes partout pour s'assurer qu'on n'oubliait rien et je peux vous dire qu'ils n'ont pas fait ça à la légère…

— Revoyons tout, décidai-je. Ces poupées gigognes ne sont pas très grosses…

— Comme mon poing, précisa la jeune femme. Mais c'est en bois, c'est dur, ça se sent.

Nous vérifiâmes ensemble un objet après l'autre. J'étais perplexe et j'observais ma compagne avec attention. Mais elle paraissait sincère, aussi ennuyée que moi, même plus qu'ennuyée : irritée. Quand nous eûmes terminé, bredouilles, elle soupira bruyamment.

— Mais, nom d'un chien, je me suis encore amusée hier à les désemboîter. Pulchérie était avec moi et…

Elle s'arrêta, retenant son souffle.

— Elle voulait absolument que je la lui donne... Je n'ai pas voulu... Elle n'était pas contente. Quand elle a envie de quelque chose, celle-là ! Je parie qu'elle l'a emportée dans sa chambre. Elle en est bien capable...

Elle continuait de réfléchir.

— Ne la prenez surtout pas pour une voleuse, enchaîna-t-elle. Mais depuis le temps que nous travaillons ensemble, nous sommes un peu comme des sœurs... Et elle a tendance à croire que ce qui est à moi est à elle, et réciproquement.

— Téléphonez-lui et demandez-lui de nous l'apporter tout de suite ici. Sans perdre une minute.

J'allai décrocher le téléphone et demander une ligne à la standardiste. Puis je passai l'appareil à Isa Belle qui composa le numéro sur le cadran... Je craignais que la logeuse ne fût au courant de son déménagement à la cloche de bois, qu'elle ne reconnût sa voix et ne lui fît des histoires. Mais tout se passa bien, la bonne femme se laissa convaincre sans trop de peine et partit chercher Mlle Suzanne Maubrou, *alias* Pulchérie.

Je m'assis au bord du lit, derrière Isa Belle que la lampe de chevet éclairait à contre-jour. Le tissu de sa chemise de nuit était si transparent que je distinguais jusqu'aux grains de beauté. Ma température recommença de monter et seule ma haute conscience professionnelle me retint de passer incontinent à l'action. Ce fut dur, très dur.

Pulchérie fut au bout du fil. Isa Belle se pencha, presque sous mon nez, comme pour appuyer ses paroles. Je lui faisais confiance et n'écoutais guère ce qu'elle disait. Ma main droite se levait toute seule, comme attirée par un aimant. Je suivais d'un regard intéressé cette expérience de physique, pas tellement extraordinaire après tout puisque tout le monde sait depuis l'école primaire que les corps s'attirent entre eux lorsqu'ils sont de pôles contraires[1]. Isa Belle pivota d'un quart de tour pour s'asseoir près de moi et ma main resta comme suspendue. Je fis semblant de vouloir attraper une mouche qui n'existait pas. Isa Belle me considéra en fronçant les sourcils, visiblement inquiète. J'éprouvais néanmoins contre ma cuisse la chaleur de sa cuisse et contre mon bras la chaleur de son bras.

— Nous t'attendons, disait-elle. Oui, à l'Amstel... Tu demandes à la réception... Tu n'as qu'à prendre un taxi... Eh bien, dépêche-toi... Dans combien de temps ?... Trois quarts d'heure ? Active un peu, veux-tu... À tout de suite.

Isa Belle raccrocha, puis les deux mains sur les genoux me regarda de nouveau avec un étrange sourire.

— Vous avez entendu ?

— Mal.

— C'est bien elle qui a pris la poupée. Elle sera là dans trois quarts d'heure...

— Trois quarts d'heure, répétai-je.

Songeur... Une petite flamme qui brillait dans ses yeux me donna la quasi-certitude qu'elle n'était pas insensible au brusque accroissement d'intensité de mon champ magnétique et que le milieu était donc perméable.

---

1. Il peut être intéressant de rappeler ici la loi de Coulomb : $f = \frac{mm'}{ud^2}$, d étant la distance qui sépare les pôles magnétiques ; m et m' caractérisant les pôles en présence et u la perméabilité magnétique du milieu.

— À quoi pensez-vous ? demanda-t-elle.

— À la même chose que vous.

Elle fut secouée d'un frisson qui lui donna la chair de poule.

— Si vous éteigniez toutes ces lumières ? murmura-t-elle.

7

J'ouvris brusquement les yeux avec l'impression d'avoir dormi longtemps, trop longtemps. Isa Belle dormait encore, la tête sur mon épaule. Nous étions dans son lit. Je me dégageai doucement. Elle grogna, puis me tourna le dos. Sa montre était sur la tablette de chevet. Elle indiquait 3 h 05.

Je ne pus le croire et me levai pour aller consulter mon chronomètre resté près du téléphone, de l'autre côté des lits. Mon chronomètre marquait 3 h 07 et fonctionnait parfaitement. Je poussai un juron, décrochai l'appareil.

— La réception, s'il vous plaît.

J'eus la réception.

— Quelqu'un est venu me demander, ce matin. Que s'est-il passé ?

— Personne ne vous a demandé, monsieur…

— Entre 9 heures et 10 heures…

— Je n'ai pas quitté la réception de toute la matinée, monsieur, et je peux vous affirmer que personne n'est venu pour vous

L'idée me vint que Pulchérie pouvait avoir oublié mon nom et demandé Isa Belle.

— Ce devait être une toute petite femme, assez jolie. Elle voulait peut-être voir Mlle Isabelle Fournier, mon... ma secrétaire.

— Je regrette, monsieur, je ne peux rien vous dire de plus.

— Merci.

Je remis l'appareil sur son berceau. Le nez dans le traversin, Isa Belle bafouilla :

— Qu'est-ce qui se passe ? Qu'est-ce que c'est que ce tapage ?

— Il se passe, répliquai-je, qu'il est plus de 3 heures de l'après-midi et que Pulchérie n'est pas venue, alors qu'elle aurait dû être là vers 9 h 30.

Isa Belle comprit enfin et se dressa sur un coude. Elle n'avait plus sa chemise de nuit, mais ne s'en souciait guère.

— Tu me fais peur, dit-elle. Pourvu qu'il ne lui soit rien arrivé !

Je repris le téléphone, demandai une ligne, composai le numéro de la pension.

— Comment avons-nous pu dormir jusqu'à maintenant ? s'étonna Isa Belle.

C'était très simple. Nous étions l'un et l'autre fatigués et énervés par les événements de la nuit et de faire l'amour nous avait brusquement décontractés, nous plongeant alors dans un sommeil profond, d'une qualité rare, qui m'aurait ravi en d'autres circonstances. Je me sentais bien reposé, mais ce n'était pas une consolation. La logeuse répondit :

— Je voudrais parler à Mlle Maubrou, dis-je en allemand.

— Mlle Maubrou n'est pas là, monsieur.

— Vous êtes sûre ?

— Absolument. Elle est sortie de bonne heure ce matin et je ne l'ai pas revue depuis.

— Vers quelle heure est-elle sortie ?

— Il pouvait être 9 heures.

— Elle est sortie seule ?

— Je l'ai vue partir, elle était seule. Voulez-vous que je demande à son amie Mlle Fournier ?

— Non, non, inutile, m'empressai-je de répliquer. Merci beaucoup, madame.

— À votre service.

Elle était plus aimable que la nuit. Je raccrochai.

— Alors ? questionna Isa Belle.

— Elle est sortie vers 9 heures ce matin, probablement pour venir nous apporter la poupée. Elle n'est pas arrivée jusqu'ici et on ne l'a pas revue à la pension... La conclusion est facile à tirer. Les types qui t'ont enlevée ce matin nous ont vus avec Pulchérie cette nuit et ils l'ont enlevée à son tour, probablement pour servir de monnaie d'échange...

— C'est affreux ! murmura Isa Belle. Pauvre gosse...

— Et je n'ai pas la moindre idée sur la façon dont nous pourrions la retrouver...

— Ils l'ont peut-être emmenée là où ils m'ont interrogée ce matin ?

Je la regardai, surpris.

— Où t-ont-ils emmenée, ce matin ?

— Dans un entrepôt, près du port. Je ne connais pas le nom du quai, mais je saurais sûrement le retrouver.

— Pourquoi ne m'as-tu pas dit ça plus tôt ?

Elle haussa les épaules.

— Tu ne me l'as pas demandé et jusque-là ce n'était pas très important.

— Habillons-nous, décidai-je, et filons là-bas. C'est le seul fil que nous ayons, alors...

Je repris le téléphone et demandai au concierge de faire le nécessaire pour m'obtenir une voiture de louage sans chauffeur dans le quart d'heure suivant. Il me promit de faire l'impossible. Isa Belle était déjà dans la salle de bains. Je l'y rejoignis et la remplaçai sous la douche. Nous terminâmes notre toilette en nous bousculant, moi me rasant pendant qu'elle se coiffait. Nous nous habillâmes rapidement.

— Quel bordel ! remarqua Isa Belle en montrant le contenu de ses valises répandu sur la moquette et sur mon lit.

— Les femmes de chambre penseront ce qu'elles voudront, rétorquai-je, mais nous n'avons pas le temps de ranger. Pulchérie, c'est tout de même plus pressé.

— Pulchérie ou la poupée ?

Je lui lançai un rapide coup d'œil, mais elle avait un air des plus innocents.

— Les deux, affirmai-je.

Nous descendîmes. Je n'avais pas oublié le Parabellum pris à l'ennemi et qui contenait encore treize balles. La voiture n'était pas là et nous dûmes attendre dix minutes. Je traversai le hall pour acheter un journal du soir. Ma connaissance de l'allemand me permet de comprendre un peu le hollandais. Il y avait un article en première page sur la fusillade du matin en bordure de l'Amstel. Il y était indiqué qu'une voiture avait été retirée du fleuve et que des protagonistes de l'affaire s'étaient enfuis à bord d'une 2 CV volée qui avait été retrouvée près de la gare. On supposait qu'il s'agissait d'un règlement de comptes entre trafiquants internationaux. Amsterdam n'était-il pas le centre où aboutissaient la plus grande partie des diamants volés dans le monde entier ?

Si la police orientait ses recherches vers les trafiquants de diamants, c'était parfait. Je passai le journal à Isa Belle. Puis, la voiture arriva. J'avais demandé une compacte et c'était une berline Fiat 1500, ce qui me convenait comme encombrement, vitesse de pointe et nervosité. Je signai les papiers, versai la caution en chèques, et pris les clés. Une minute plus tard, nous roulions en direction du centre. Le temps était gris, froid, et des flocons de neige voltigeaient. Il était 3 h 45.

Isa Belle me guidait. Nous suivîmes le Rokin, puis le Damrak. Au bout de celui-ci, un agent manœuvrait au centre du carrefour un système de panneaux montés sur un socle mobile. Un panneau stop, un panneau vert, arrêtaient et libéraient tour à tour la circulation. C'était la première fois que je voyais une telle signalisation.

— Tournez à gauche, m'indiqua Isa Belle.

Un peu plus loin, nous traversâmes le Singel. Des sirènes de bateau faisaient parfois entendre leurs appels au-dessus des bruits de la ville. Les flocons de neige s'épaississaient. Je fis fonctionner les essuie-glaces.

Harlemmerstraat… Harlemmerdijk…

— À droite, dit Isa Belle.

Nous passâmes sous le chemin de fer.

— Encore à droite, dit Isa Belle.

Nous franchîmes un canal sur un petit pont. Une péniche à moteur, lourdement chargée, fendait les eaux sombres.

— Arrêtez-vous ici…

J'obéis. À droite, c'était le canal. À gauche, de vieux entrepôts se dressaient. Bâtis en briques rouges, d'une architecture typiquement amstellodamoise, ils s'élevaient sur cinq étages, étroits comme tous les vieux bâtiments d'Amsterdam, avec au centre cinq grandes portes de bois au niveau de chaque plancher, des fenêtres en plein cintre de part et d'autre des portes, celle de droite au rez-de-chaussée étant remplacée par une porte plus petite que les autres, probablement réservée au passage du personnel. Le pignon lui-même était percé d'une ouverture fermée par un vantail de bois au-dessus duquel débordait la poutre supportant la poulie du monte-charge, cette poulie que l'on retrouve au fronton de chaque maison de la vieille ville et qui sert à monter et à descendre les meubles par les fenêtres, les escaliers étant trop étroits. Enfin, au-dessus de la poutre, chaque pignon était surélevé d'un faux clocheton.

La péniche passait tout près de nous et le bruit de son moteur nous empêchait de parler. Sur les eaux brusquement agitées, des canards endormis ne se réveillaient pas pour autant, se laissant ballotter au gré des vagues. Je coupai le contact.

— C'est le cinquième, m'indiqua Isa Belle, celui devant lequel se trouve le lampadaire.

Un grand chariot à quatre roues arrivait devant nous, tiré par deux énormes chevaux blancs. Le conducteur, abrité par une bâche, baissait la tête pour se défendre contre le vent chargé de neige.

— Nous sommes entrés par la petite porte, continuait Isa Belle. Ils m'ont fait monter tout en haut, par des échelles. Ils disaient que de là-haut, si je criais, personne ne m'entendrait…

— T'ont-ils fait crier ?

— Non. Ils m'ont interrogée au sujet de ce que Bill est censé m'avoir confié. Je leur ai répondu la même chose qu'à toi et ils ont eu la même réaction. Ils ont tout de suite pensé que Bill avait pu cacher ce que vous cherchez dans un de mes objets personnels et sans me le dire. Nous sommes alors repartis pour aller chercher mes affaires à la pension.

— En somme, constatai-je, ils ont été corrects.

— Oui. Mais, j'ai l'impression que cela n'aurait pas duré…

— Ils t'ont parlé de moi ?

Elle détourna les yeux, soudain très intéressée par ce qui se passait sur le canal.

— Oui…

— Et alors ?

— Tu comprends, je ne te connaissais pas encore très bien et…

— Et tu leur as dit que je cherchais la même chose qu'eux ?

— Oui, avoua-t-elle.

— Rassure-toi, ils le savaient déjà.

Je lui serrai la main. Elle me regarda de nouveau.

— Tu ne m'en veux pas ?

— Pas du tout.

— J'en suis bien contente.

Si nous continuions dans cette voie, nous allions nous attendrir et ce n'était pas le moment.

— Bon, fis-je. Tu vas rester ici bien sagement et je vais aller jeter un coup d'œil dans ce coupe-gorge.

— Sois prudent.

— N'aie pas peur. Je tiendrai bien ma droite et je ferai bien attention à ne pas prendre froid.

— Idiot !

— Tu sais conduire ?

— Oui.

— Bien ?

— Pas mal.

— Alors, tu vas t'installer au volant. Si tu me voyais ressortir un peu bousculé, tu pourrais démarrer et venir à ma rencontre. Mais attention. Si cela se produit, à peine arrêtée, tu te pousses pour me laisser le volant. Compris ?

– Compris.

Elle me fit une grimace tendre. Je descendis, repoussai doucement la portière pour ne pas effrayer les canards et pris la direction de l'entrepôt désigné par Isa Belle. La neige tombait de plus en plus épaisse. Un train de voyageurs, qui venait de quitter la gare centrale, passait de l'autre côté du canal. Des sirènes de navire se répondaient au loin.

Le bruit du train m'empêcha d'entendre une voiture qui arrivait derrière moi. Mon instinct me prévint à la dernière seconde et je fis un bond de côté. Pour rien, les occupants de la Volkswagen étaient sûrement de braves gens. Le conducteur baissa la vitre pour s'excuser de m'avoir surpris. Je répondis d'un sourire.

Il faisait encore jour, mais avec ce temps de neige la nuit n'allait plus tarder. Je m'arrêtai devant l'entrepôt. Tout était tranquille, silencieux. La petite porte était munie d'une grosse serrure ancienne et d'une clenche. Je manœuvrai la clenche et sentis le battant céder sous ma poussée.

Cela ne me fit guère plaisir. D'abord parce que si l'adversaire séquestrait Pulchérie dans ce lieu, il était peu probable qu'il ait laissé la porte non verrouillée ; ensuite parce que je n'aime pas qu'une porte soit ouverte quand je m'attends à la trouver fermée.

D'un coup de pied, j'expédiai le lourd panneau de bois vers l'intérieur et m'effaçai aussitôt à l'abri du mur. Rien ne se produisit. Je risquai un œil. Obscurité totale. Et je n'avais pour tout moyen d'éclairage qu'une lampe-stylo tout juste capable de projeter à trois mètres un cercle de lumière pas plus large qu'un plat à tarte.

Je pris la lampe dans ma main gauche, le Parabellum dans la droite, et entrai. Calme plat. Je refermai la porte avec mon talon et entrepris de faire le tour du rez-de-chaussée. Les flocons de neige qui s'étaient accumulés sur mes cheveux fondaient et des gouttes d'eau glacée me roulaient sur le cuir chevelu. Je ne pus retenir un éternuement qui résonna dans cette grande salle vide avec une force surprenante. Mais cela n'avait qu'une importance relative. Si quelqu'un se trouvait là, tapi dans l'ombre, il devait déjà m'avoir repéré à la lumière de ma lampe, si faible fût-elle.

Un bruit insolite me mit brusquement en alerte et je faillis tirer. Ce n'était qu'un gros rat apeuré que je vis un court instant fuyant devant moi.

Je découvris l'échelle qui montait à l'étage. Lorsque je fus tout à fait certain que le rez-de-chaussée était entièrement vide, je grimpai…

Le premier étage ne contenait que quelques caisses vides. Le deuxième, un tas de vieux paquets d'emballages. Le troisième, une pile de sacs de jute…

Je continuai de monter uniquement par acquit de conscience. Le plancher du quatrième n'était chargé que de poussière et de débris divers. Au cinquième, je fis enfin une découverte intéressante, sous la forme d'une couche rudimentaire, composée d'une paillasse et de quelques couvertures, d'un réchaud à alcool, d'une cafetière et de quelques boîtes en fer, contenant du café, du sucre et des gâteaux secs.

Une échelle était couchée sur le parquet, le long du mur. Je braquai ma lampe vers le plafond et aperçus la trappe qui donnait accès au grenier. Je remis le Parabellum dans la poche de mon imperméable et levai l'échelle pour la remettre en place.

J'étais maintenant persuadé qu'il n'y avait plus âme qui vive dans cet entrepôt et que l'adversaire ne pouvait y revenir, Isa Belle en connaissant l'emplacement. J'avais tort, doublement tort.

Je pris pied en haut, éclairai tout autour de moi. La charpente était visible et les tuiles très inclinées. Le plancher était encombré de vieux meubles où dominaient les armoires. Devant la porte en plein cintre ouverte dans le pignon en façade, un gros treuil était fixé, complètement de la poulie extérieure.

J'entendis bouger à gauche et braquai vivement la lampe dans cette direction. En même temps, j'avais cherché dans la poche droite de mon imperméable la crosse du Parabellum.

Quelque chose s'agitait sur le sol entre une armoire sans portes et une vieille malle à ferrures qui aurait fait la joie d'un antiquaire. Je fis quelques pas dans cette direction et reconnus Pulchérie, ficelée comme un roast-beef et bâillonnée. Elle roulait des yeux plus effrayés que furieux ; ce qui, bien que je la connusse peu, aurait dû m'alerter. Je lâchai la crosse de mon arme et m'agenouillai près de la jeune femme, avec l'intention de la libérer. Il faisait très froid et j'avais toujours les cheveux trempés. J'éternuai.

— À vos souhaits ! dit quelqu'un derrière moi.

J'avais reconnu la voix de Brise-glace et je me serais flanqué des gifles si je n'avais craint qu'un mouvement trop brusque ne l'incitât à me truffer de plomb. Je mis sagement les mains à hauteur de mes épaules. La lumière crue d'un projecteur plaqua mon ombre sur le corps de Pulchérie et sur les tuiles du toit. Une ombre grotesquement déformée et cassée.

— Levez-vous, ordonna Brise-glace. Doucement, les mains en l'air, toujours…

Je n'avais aucune envie de faire l'imbécile tant que je n'aurais pas une idée précise de la situation. J'obéis donc et fis face à l'adversaire, lentement, prudemment. Brise-glace baissa le projecteur de sa torche dont la lumière m'aveuglait et je le vis, à quatre mètres, tranquille, sûr de soi. Un autre type était un peu en retrait, dont je ne distinguais que la silhouette.

— J'espère que vous n'avez pas pris froid ce matin dans l'Amstel, dis-je courtoisement.

— Ce n'était pas très chaud, répliqua Brise-glace.

— J'ai lu dans un journal que l'on avait retiré votre voiture de l'eau. Cela va vous coûter quarante guldens.

— Ce n'est pas cher.

Nous nous observions, comme deux lutteurs avant le coup de gong. Il n'y avait aucune haine entre nous. Et j'aimais cela. Nous faisions le même métier et pour les mêmes raisons. Chacun de nous défendait son pays et un certain mode de vie qu'il estimait être les meilleurs. Dans la guerre incessante que se livrent les services secrets, il n'est pas de place pour l'indignation ; pour la simple raison que tous les coups sont permis sans aucune restriction et pour tout le monde, et que tout le monde le sait.

— Alors, reprit-il d'un ton aimable, vous cherchez vous aussi la poupée gigogne ?

Pulchérie avait bavardé. Bon.

— Je savais que vous habitiez l'Amstel Hotel, continua-t-il, et dès hier soir j'ai fait installer une bretelle sur la ligne téléphonique de votre chambre. C'est ainsi que nous vous avons entendu appeler cette jeune personne pour lui demander de vous apporter la poupée.

Je sais par expérience personnelle combien il est facile d'installer une table d'écoute dans un hôtel, pour peu que l'on habite au même étage que la personne à surveiller ; mais Brise-glace prétendait que cette installation avait été faite la veille au soir et cela ne collait plus. Car la veille au soir je n'avais encore loué aucune chambre à l'Amstel et personne ne pouvait savoir, pas même moi, que j'y viendrais vers les 6 heures.

— C'était uniquement pour s'amuser, répliquai-je. J'adore jouer à la poupée.

— Vous avez en effet une tête à ça, admit-il.

Il parut réfléchir quelques secondes, puis lança :

— Je suis en train de me demander si je ne ferais pas mieux de vous tuer. Vous devenez encombrant… Je dirais même plus : agaçant.

— Je suis désolé, fis-je. Mais nous n'allons tout de même pas commencer maintenant à nous entretuer.

— Il ne s'agit pas de s'entretuer, rectifia-t-il, mais de VOUS tuer.

— C'est encore pire, fis-je remarquer.

J'eus l'impression qu'il avait souri.

— Seriez-vous prêt à me donner votre parole de rester tranquille si je vous laissais la vie sauve ?

Ce fut à mon tour de sourire.

— Allons, allons, ripostai-je, soyons sérieux. Vous savez très bien que je ne la tiendrais pas.

— Je plaisantais, reconnut-il.

J'entendais Pulchérie s'agiter et grogner derrière moi. Puis le passage d'un train nous fit rester muets durant une vingtaine de secondes.

— Allez vous appuyer contre cette vieille armoire, reprit Brise-glace. Du bout des doigts… et reculez vos pieds.

— Comme hier ?

— Exactement. Vous voyez bien que l'histoire est un éternel recommencement.

— C'est de la bien petite histoire, objectai-je. Ne soyons pas orgueilleux.

— De la bien petite histoire ?... Je n'en suis pas si sûr... Au contraire, si vous parveniez à mettre la main sur ce que je suis chargé de récupérer, cela pourrait fort bien changer la face du monde dans le proche avenir...

— Est-ce si important ?

Sans me presser, j'allai m'appuyer du bout des doigts à la lourde armoire qu'il m'avait désignée. Puis je reculai mes pieds. L'armoire bougea, basculant sous mon poids, puis se cala contre une poutre. Brise-glace ne répondit pas à ma dernière question. Il changea de sujet.

— Au fait, puisque nous parlions d'hier, comment avez-vous pu vous évader ?

— Grâce au chauffe-eau, répondis-je. Il avait comme un défaut.

— C'est ce que j'avais cru comprendre... Reculez encore vos pieds, s'il vous plaît, encore... encore...

Il n'était guère possible de l'abuser. Il connaissait la musique et ne laissait passer aucune fausse note.

— Il est tout de même regrettable qu'un de mes collaborateurs y ait laissé sa vie...

— Vous m'en voyez navré, affirmai-je. Mais je ne pouvais pas deviner qu'il éprouverait brusquement le besoin de se rendre dans la cuisine juste à ce moment-là. C'est un regrettable accident...

— Je veux bien vous croire.

Je vis l'autre approcher. C'était un nouveau.

— Celui qui vous accompagnait ce matin est-il souffrant ? m'inquiétai-je.

— Il s'est un peu abîmé en tombant sur le toit de notre voiture dans l'Amstel.

Je me souvenais du bruit, et d'avoir entendu l'homme crier.

— Désolé, fis-je.

L'autre était derrière moi. Je croyais qu'il voulait simplement me fouiller et j'étais sans méfiance. Lorsque je reçus un choc sur la fesse droite, je crus d'abord qu'il ne s'agissait là que d'un geste sans importance ; le geste d'un homme claquant la fesse d'un cheval pour l'inviter à se tenir tranquille. Et je ne compris que lorsqu'il retira l'aiguille, c'est-à-dire trop tard.

J'eus peur qu'il ne s'agît de poison et une vague de panique me submergea. Un bon agent secret ne doit pas craindre la mort et je ne la crains pas habituellement. Mais, lorsqu'elle se trouve brusquement là, prête à me saisir, ce qui m'arrive de temps à autre dans le difficile métier que j'exerce, je ne suis plus indifférent.

La première idée qui me vint fut de vengeance immédiate. Je voulais bien mourir s'il était impossible de faire autrement, mais je ne voulais pas mourir seul. Je ramenais vivement mes pieds, me redressai d'une poussée et plongeai la main droite dans la poche de mon imperméable pour en sortir le Parabellum.

Les jambes me manquèrent et mon effort me fit pivoter contre mon gré. Mon épaule heurta durement l'armoire. Un engourdissement me gagnait, me submergeait à une vitesse incroyable. Je parvins à extirper l'automatique, mais mon bras n'avait plus la force de le lever pour tirer. Les articulations de mes genoux cédèrent et je tombai durement sur les rotules. J'étais groggy. Mon cerveau fonctionnait encore, mais mon corps refusait d'obéir. Je voyais Brise-glace, et l'autre, qui me regardaient avec un certain intérêt, sans plus. Puis ils se brouillèrent. J'eus l'impression qu'ils étaient brusquement passés derrière une vitre ruisselante. Une nausée me monta aux lèvres. J'entendis nettement le Parabellum que je venais de lâcher tomber sur le parquet, puis tout bascula et ce même parquet me sauta brutalement à la figure…

8

Je m'éveillai, glacé jusqu'aux os. Il faisait noir et j'entendais le doug-doug-doug régulier d'un moteur marin ; probablement une péniche qui passait sur le canal.

Ils ne m'avaient pas attaché et j'étais libre de mes mouvements, couché en chien de fusil sur le parquet. Je me redressai lentement. Des rais de lumière filtraient à travers les fentes du lourd volet de bois qui fermait l'ouverture sur le pignon. Le réverbère devant l'entrepôt devait être allumé.

Le cadran lumineux de mon chronomètre indiquait 6 h 10. Restait à savoir si c'était le soir où le matin, si j'avais dormi une heure ou bien treize.

Physiquement, je n'étais pas trop mal ; juste encore un peu engourdi, un peu vaseux, la bouche pâteuse. Mon stylo-lampe n'était pas à sa place, dans la poche intérieure de ma veste. Je me souvins que je le tenais à la main quand Brise-glace s'était découvert. Je ne parvins pas à me rappeler ce que j'en avais fait. Quant à mon Parabellum, il avait aussi disparu et je n'espérais pas que mes adversaires aient pu le laisser où il était tombé.

Quelqu'un toussa et cela me parut venir de l'étage au-dessous. Sans bruit, je pivotai sur mes fesses et vis alors qu'une faible lumière montait par le trou de l'échelle. Brise-glace m'avait gratifié d'un gardien.

J'étais immobile dans l'obscurité, tremblant de froid et me chatouillant désespérément le palais pour m'empêcher d'éternuer. Je me demandai si Pulchérie était toujours là ou non. J'essayai d'établir un plan pour nous tirer de cette chausse-trape. Je ne trouvai rien.

L'homme, en dessous, toussa de nouveau. Puis il bougea et se mit à marcher. Je vis l'intensité de la lumière croître à mesure qu'il se rapprochait de l'échelle. Il cracha, se racla la gorge. Puis il se mit à monter.

Je repris aussitôt la position dans laquelle je m'étais réveillé et feignis d'être encore plongé dans un profond sommeil. Lorsque sa tête dépassa le niveau du plancher, l'homme braqua sa lampe sur moi. Je craignis qu'il ne redescendît, s'estimant satisfait. Je poussai un grognement et roulai sur le dos. Il m'observait toujours. Je ne bougeai plus, mais continuai de grogner avec moins de force. Il se décida enfin à gravir les derniers échelons et vint vers moi. À travers mes cils à peine entrebâillés, je le regardais venir. Il tenait une grosse torche électrique dans sa main gauche et quelque chose qui ressemblait bougrement à un automatique de fort calibre brillait dans sa main droite.

Il s'arrêta soudain, trop loin pour me laisser la moindre chance. Comment l'obliger à franchir les derniers pas ? Mon seul espoir était de lui faire redouter mon prochain réveil et de l'amener ainsi à vouloir m'attacher. Je m'y employai aussitôt, à force de grognements inarticulés et d'agitation. Il fit quelques pas vers l'endroit où avait été Pulchérie et se baissa pour ramasser quelque chose.

Je le vis alors à contre-jour. Ce n'était pas celui qui m'avait piqué et je ne le connaissais pas. Il était petit et paraissait assez chétif. Il se redressa et vint jusqu'à moi, avec des cordes.

S'il voulait m'attacher, il serait bien obligé de lâcher son arme. Et c'est là que je l'attendais. Il choisit de me lier d'abord les chevilles, sans doute parce que cela lui parut le plus facile. Il posa d'abord sa lampe, convenablement orientée, puis son automatique. Il avait un visage maigre et osseux, dont les ombres accentuaient encore le relief, avec une petite moustache noire rectiligne. À l'instant qu'il saisissait la corde des deux mains, j'envoyai mon pied droit.

La pointe de ma chaussure l'atteignit à la pommette gauche. Il poussa un cri et fut projeté sur le côté, les bras en l'air, ses mains tenant encore la ficelle. Je m'emparai aussitôt du Parabellum – Brise-glace devait avoir un abonnement chez Browning – et de la lampe. En moins de cinq secondes, la situation s'était retournée à mon avantage. L'adversaire le comprit dès qu'il voulut se relever et renonça aussitôt à la contre-attaque qu'il s'apprêtait à lancer.

— Assieds-toi, ordonnai-je. Allonge tes jambes et mets tes mains sur ta tête.

Il obéit et se trouva dans une position assez inconfortable et qui excluait tout espoir de redressement suffisamment rapide. Je me mis debout et pris un peu de champ afin d'éviter toute surprise. Un simple regard circulaire m'apprit que nous étions seuls. Pulchérie avait bel et bien disparu.

— Où sont les autres ? demandai-je.

Il ne répondit pas. Pourtant, j'étais sûr qu'il comprenait l'allemand puisque je venais de lui donner mes ordres dans cette langue et qu'il m'avait obéi.

J'étais décidé à le faire parler. C'était le seul moyen dont je disposais pour retrouver la trace de Brise-glace, de Pulchérie et de la poupée gigogne. Mais, je n'étais pas en grande forme, toujours sous l'effet du narcotique, et je ne voulais prendre aucun risque. Les petits hommes sont souvent plus dangereux que les grands, pour la simple raison que l'on s'en méfie moins. J'allais me méfier de celui-là comme s'il se fût agi d'Anton Geesink soi-même[1].

J'aurais pu l'assommer et le ligoter ensuite tranquillement, mais j'étais pressé. Il est difficile lorsque l'on assomme quelqu'un de calculer son coup pour une durée déterminée à l'avance. Cela ne dépend pas uniquement de la force du coup, mais aussi et pour beaucoup de la constitution de la victime. De deux coups appliqués avec la même puissance et par le même homme, l'un peut très bien tuer un individu fragile et l'autre tout juste faire chanceler un individu robuste. Je ne voulais pas voir mon prisonnier me claquer dans les mains et je ne voulais pas davantage perdre dix minutes ou plus à le ranimer.

— Je n'ai pas l'intention de te tuer, dis-je, mais je veux t'attacher avant de partir pour que tu n'ailles pas donner l'alerte dès que j'aurai le dos tourné. Fais un nœud coulant avec la corde et passe tes poignets dedans.

Comme il hésitait, je menaçai :

— Tu préfères peut-être un coup de crosse sur la tête ?

Il obéit aussitôt et je le surveillai attentivement pour être certain qu'il ne trichait pas. Lorsqu'il eut fini, lorsque ses poignets furent serrés dans le nœud, je lui demandai de m'envoyer l'autre extrémité de la

1. Champion du monde 1961 de judo.

corde. Il m'envoya tout le paquet. J'allai poser ma lampe sur une malle, bien calée, et revins prendre le bout de la corde avec ma main gauche libérée. Il y en avait bien cinq ou six mètres. C'était une très bonne corde, de trois millimètres de diamètre environ, qui devait pouvoir supporter une charge considérable. Je la fis passer par-dessus une poutre transversale, puis la récupérai et reculai jusqu'au treuil. Une barre de fer ronde en arrière de la poulie fit exactement mon affaire. J'enroulai la corde autour et tirai jusqu'à la tendre.

— Mets-toi debout, ordonnai-je, et viens sous la poutre.

Il vint sans réticence, sans comprendre ce qui l'attendait. Je tendais la corde à mesure qu'il approchait. Quand il fut à l'endroit requis, je tirai de toutes mes forces et il fut soulevé, gigotant grotesquement, les jambes dans le vide. J'assurai aussitôt la corde autour de la poignée métallique de la manivelle de traction et terminai le travail avec quelques nœuds de marin.

Les semelles à vingt centimètres du sol, la tête serrée entre ses bras douloureusement tendus à la verticale, mon prisonnier ne semblait pas heureux. Mais je n'étais pas là pour faire son bonheur. Je revins vers lui.

— Maintenant, dis-je, tu vas répondre à mes questions…

— Lâchez-moi, supplia-t-il. C'est intenable !

— Je l'espère bien.

Le nœud coulant qui supportait tout son poids lui sciait impitoyablement la chair des poignets qui n'allaient sûrement pas tarder à enfler.

— Je veux seulement savoir où je peux retrouver ton patron et la fille qui était là quand je suis arrivé. Après, je te remettrai sur tes pieds.

Il éprouvait de la peine à respirer et soufflait comme un phoque. Je me souvins brusquement de l'existence d'Isa Belle. Qu'était-elle devenue ? Je pris la lampe, allai tirer les verrous de la porte extérieure, éteignis la lampe et ouvris la porte. La neige tombait toujours à gros flocons et tout était blanc, excepté le canal qui formait un large ruban sombre. Un train arrivait, un autre partait. Les lumières et les bruits de la ville me firent penser que nous étions le soir et non le matin. Je me penchai pour regarder le quai à droite. À l'endroit où j'avais laissé la Fiat 1500 avec Isa Belle il y avait une voiture dont la silhouette arrondie par la neige pouvait correspondre. Un détail m'inquiéta : le pare-brise était tout blanc et sûrement opaque. Mais Isa Belle n'avait peut-être pas trouvé l'essuie-glace. Avec les femmes, on ne sait jamais…

Je refermai le volet et rallumai la lampe, pensant malgré moi que j'étais optimiste et qu'en fait il y avait bien peu de chances pour qu'Isa Belle fût encore en bas à m'attendre. Je devrais simplement m'estimer heureux si elle n'était pas retombée aux mains de Brise-glace.

La résistance de mon prisonnier s'effritait à une vitesse grand V. Il essayait de tirer sur ses bras pour soulager ses épaules et ne faisait ainsi que resserrer le nœud autour de ses poignets.

Quand je fus tout près de lui, il essaya de me donner un coup de pied, mais la secousse lui arracha un hurlement de douleur et ce fut la fin. Ce n'était pas un héros.

— Je vais vous le dire… Je…

Il étouffait. J'allais chercher une petite caisse dans un coin et l'amenai sous lui.

— Pose tes pieds là-dessus.

Il le fit aussitôt. Il tremblait, essayait de desserrer la corde autour de ses poignets. Je le frappai sans appuyer dans les côtes avec le canon du parabellum.

— Reste tranquille et dépêche-toi de parler.

— Ils sont sur un house-boat, dit-il. Buiksloterweg…

— Ça s'écrit comment ?

Il épela.

— Et ça se trouve où ?

— À la sortie du Noordhollandsch Kanaal, de l'autre côté du port. Il faut prendre le ferry.

— Comment s'appelle l'house-boat ?

— *Kreefthuis*.

Je le lui fis épeler afin de le mieux graver dans ma mémoire.

— Ils sont combien, là-bas ?

— Je ne sais pas. Je vous jure…

Je fis passer mon arme dans la main gauche et assommai mon prisonnier d'un *atemi* de la main droite, certainement moins dure qu'une crosse d'acier. Je le dépendis et le ficelai avec un soin extrême, non sans avoir desserré le nœud coulant qui s'était incrusté dans les chairs du poignet.

La fouille de ses vêtements ne m'apporta rien d'intéressant. Pas le moindre papier d'identité, un peu d'argent, un couteau à lames multiples, un paquet de cigarettes aux trois quarts vide, un briquet, quelques sachets de sucre en poudre portant la marque du Heineken's Hoek, un café de Leidseplein. Rien de plus.

Le Parabellum était plein, avec une balle dans le canon, et propre. Ce n'était donc pas celui qui avait été en ma possession, à moins qu'il n'eût été entre-temps nettoyé et rechargé. Je le mis dans la poche de mon imperméable et repris la lampe-torche pour descendre.

Les effets de la drogue qui m'avait été injectée n'étaient pas encore dissipés et j'avais les jambes molles en arrivant en bas des six échelles. Je marchai droit jusqu'à la petite porte, essayai de l'ouvrir. Vainement. Elle avait été fermée à clé.

Le grand portail était bloqué par des barres de fer, elles-mêmes assujetties par d'énormes cadenas. Je revins à la petite porte et sortis mon couteau pour essayer de forcer la serrure. Je n'obtins d'autre résultat que de casser deux lames.

C'était trop bête. Je savais que mon ex-gardien n'avait aucune clé sur lui, mais la clé de cette fichue serrure devant être de bonne taille, il pouvait l'avoir déposée quelque part au cinquième étage où il s'était tenu avant de prendre cette initiative malheureuse qui l'avait amené un peu trop près de la pointe de ma chaussure. Il me fallait donc remonter.

Je soufflais comme un phoque en me retrouvant au cinquième et la tête me tournait un peu. Je me mis néanmoins aussitôt à chercher cette maudite clé qui me séparait encore de la liberté. Elle demeura introuvable.

Je regagnai le grenier. Mon ex-gardien était revenu à lui et ne semblait pas trop malheureux de sa situation. Je lui ôtai son bâillon.

— Où est la clé de la porte d'en bas ? demandai-je.

— Le chef l'a emportée, répliqua-t-il avec tous les accents de la sincérité.

— Pourquoi ?

— Il a dit que comme ça je ne serais pas tenté d'aller faire un tour jusqu'au prochain bistrot.

Ce n'était pas invraisemblable. Le bonhomme n'avait pas une tête à inspirer confiance à un lascar de la trempe de Brise-glace, et comme il ne pouvait prévoir que la situation se retournerait il n'aurait eu aucune raison de cacher la clé s'il l'avait eue.

Je me mis à chercher dans le bric-à-brac du grenier une barre de fer ou un outil quelconque pouvant me permettre de forcer la sortie. Je ne découvris rien dans le genre, mais je mis la main, par contre, sur une grosse corde soigneusement roulée qui devait être celle utilisée pour monter les charges avec le treuil, par l'intermédiaire de la poulie extérieure. Je ne perdis pas de temps à chercher davantage. Le rouleau de corde sorti de sa caisse, j'en fixai solidement une extrémité au treuil. Puis ma lampe éteinte et la porte ouverte, je balançai le rouleau dans le vide ; non sans m'être assuré que personne n'était en vue.

Je mis la torche éteinte dans la poche gauche de mon imperméable et entrepris aussitôt de descendre en rappel sur la façade de l'entrepôt. La neige tombait toujours et m'aveuglait plus ou moins. La corde rugueuse écorchait les paumes de mes mains glacées. Mes pieds heurtaient le bois des grandes portes étagées sur toute la façade. Je me laissai glisser ainsi sur une quinzaine de mètres et touchai enfin le sol. Il n'y avait aucun moyen de dissimuler la corde, mais il était peu probable que quelqu'un la découvrît avant le lendemain matin.

La main dans ma poche, sur la crosse du Parabellum, je longeai les entrepôts afin de passer à hauteur de la Fiat, mais de l'autre côté de la chaussée. Un train de banlieue, bondé de voyageurs, s'éloignait de la gare, roulant à faible vitesse sur la rive opposée du canal.

J'avais dépassé la Fiat et rien ne se produisait. Je fis demi-tour et m'en approchai prudemment. La neige qui collait aux vitres m'empêchait de voir l'intérieur.

Je sortis le Parabellum et ouvris la portière avant gauche. La Fiat était vide. Mes narines flairèrent le parfum d'Isa Belle mais celle-ci n'était plus là.

La clé de contact était au tableau, où je l'avais laissée. Je me servis de mes mains pour nettoyer les vitres, puis m'installai au volant. Le moteur tourna dès la première sollicitation. Je laissai monter la pression d'huile, puis démarrai doucement.

Je fis demi-tour afin de reprendre l'itinéraire que nous avions suivi pour venir. Il était 18 h 40 et les rues étaient encore encombrées de bicyclettes. Il existe à Amsterdam cinq cent mille bicyclettes pour un million d'habitants. Et chaque soir de la semaine, à la sortie des bureaux et des ateliers, l'on a vraiment l'impression que ces cinq cent mille bicyclettes circulent toutes à la fois. Les automobilistes se sentent alors nettement brimés ; les plus sages d'entre eux laissent leur voiture où elle est et prennent, eux aussi, leur bicyclette.

Je parvins néanmoins à la gare où je rangeai la Fiat. Des milliers d'étourneaux tournoyaient en piaillant au-dessus de la place. Je me rendis à la librairie Bruna pour acheter un plan détaillé d'Amsterdam, puis dans une pharmacie où je fis l'acquisition d'une boîte de Maxiton, enfin dans un café où je commandai un grog au bourbon. Le Maxiton allait neutraliser les dernières traces de somnifère qui traînaient encore dans mes veines et le bourbon brûlant et bien sucré ne tarderait pas à me réchauffer.

Dans l'attente de ce double résultat, je me mis à étudier le plan de la ville. Grâce à l'index, il me fut assez facile de trouver Buiksloterweg, situé exactement en face de la gare sur la rive opposée du chenal. Un ferry y conduisait directement. La route longeait à gauche les écluses du Noordhollandsch Kanaal, puis le canal lui-même pour aboutir au polder de Buiksloot.

Mon ex-gardien m'avait dit que l'house-boat *Kreefthuis* se trouvait à la sortie du canal, donc près des écluses. Cela restreignait heureusement le champ de mes recherches.

Il était un peu plus de 7 heures lorsque je repris le volant de la Fiat. La neige ne tenait pas sur la chaussée, mais les terre-pleins étaient tout blancs. Les étourneaux, innombrables, s'étaient posés sur quelques arbres, voletant d'une branche à l'autre dans un désordre indescriptible, donnant l'illusion d'un essaim d'abeilles affolées. À une certaine distance, l'on pouvait croire que les arbres avaient miraculeusement retrouvé leurs feuilles.

Je contournai la gare pour gagner le quai de Ruyter. Je n'eus pas longtemps à faire la queue, les ferries exécutant un incessant va-et-vient à travers le chenal. J'introduisis la Fiat dans la file des autres voitures, obéissant aux ordres de l'employé qui assignait une place à chaque véhicule. Je payai le prix du passage au receveur, alors que nous naviguions déjà.

La traversée ne durait que quelques minutes. En temps normal, le spectacle des installations du port illuminé devait être féérique, mais la neige noyait tout et l'on n'y voyait pas à cent mètres.

Je quittai le ferry avec les autres voitures. Le Maxiton commençait à faire son effet et je me sentais de nouveau en forme. J'avais chaud et j'étais bien.

Sur la chaussée pavée, très glissante, les voitures roulaient lentement. Il y avait un café à gauche et un bureau de douanes pour les bateaux. Trois cents mètres plus loin, la route obliquait, s'éloignant du canal, puis revenait le long d'une voie de garage où se trouvaient amarrées assez près les unes des autres une demi-douzaine de maisons flottantes parmi lesquelles, si mon ex-gardien n'avait pas menti, se trouvait peut-être celle que je cherchais.

Je continuai. Un peu plus loin, la route rejoignait le canal. Il y avait des travaux de terrassement sur les côtés et une couche de boue détrempée par la neige couvrait les pavés. Je continuai jusqu'à un pont près duquel je fis demi-tour, après avoir mis les phares en veilleuse.

Puis, je rangeai la voiture sur le bas-côté, éteignis tous les feux et descendis, ôtant la clé de contact. L'endroit était assez désert, contrairement à l'autre rive du canal, sur laquelle s'alignaient des maisons et des boutiques. Je voyais les gens évoluer à travers les fenêtres sans rideaux, à la mode hollandaise.

Je revins vers les écluses. Si le *Kreefthuis* existait, il devait se trouver avec les autres house-boats que j'avais vus sur la voie de garage, greffée comme un appendice sur le canal lui-même.

Je marchais avec précautions dans la boue. Un homme en bicyclette me dépassa. Puis une camionnette brinquebalante, pleine de travailleurs. Des sirènes s'appelaient et se répondaient dans le port. Le nez dans le col relevé de mon imperméable, j'allais tête baissée contre la neige, regrettant de plus en plus de n'avoir pas de chapeau.

Le *Kreefthuis* était la première maison flottante à l'entrée de la voie de garage. Il y avait une sorte de jardinet devant, clos d'une palissade en bois et en mauvais état. Ce n'était pas un bateau à proprement parler, mais une construction de bois montée sur des caissons avec un balcon faisant le tour. Il y avait de la lumière à l'intérieur, mais les volets étaient fermés.

Une mouette était posée sur l'antenne de télévision, des canards dormaient sur le pont.

Un coup d'œil à gauche, un coup d'œil à droite, personne. Je pris le Parabellum dans ma main droite et franchis la barrière, marchant vers la passerelle. Quelqu'un avait suivi le même chemin en sens contraire peu de temps auparavant, car des traces de pas étaient encore visibles dans la neige. Des pas d'homme…

9

Si l'on fait un certain poids et si l'on marche normalement sur le plancher d'une maison flottante, la maison bouge. Si l'on ne veut pas que cela se sache, il y faut avancer exactement comme si l'on marchait sur des œufs.

La passerelle grinça effroyablement sous moi et j'eus l'impression que tout le monde avait entendu à cent mètres à la ronde. Mais il n'y eut aucune réaction. Je pris pied sur le pont et entendis alors quelqu'un parler. Je vins tout près du volet qui laissait passer des tranches de lumière et risquai un œil…

Un homme, assis dans un fauteuil et dont je ne voyais que la nuque et les épaules, regardait la télévision. Des footballeurs galopaient en tous sens sur le petit écran et c'était la voix du commentateur que j'entendais… Un nuage bleu s'éleva lentement au-dessus de la tête de l'homme, qui semblait parfaitement tranquille.

Une voiture arrivait et ses phares m'éclairèrent pendant quelques secondes. Je pris une attitude naturelle, puis me déplaçai avec l'intention de faire le tour complet de l'habitation par le balcon de ceinture qu'un garde-fou en bois séparait de l'eau. C'est une précaution élémentaire pour un combattant que de se renseigner sur la nature du terrain et les effectifs de l'adversaire avant de déclencher l'attaque.

Un canard endormi, brusquement réveillé par mon approche, s'enfuit en cacardant, jouant les oies du Capitole. Cet imbécile m'avait fait peur et mon cœur battait la chamade. Je m'adossai à la paroi, craignant de voir arriver l'amateur de football alerté par le tapage. Mais il ne se dérangea pas. Peut-être n'avait-il rien entendu…

Je poursuivis ma reconnaissance des lieux par l'extérieur. Excepté la salle de séjour, toutes les autres pièces étaient obscures. Il n'y avait pas de courant dans ce cul-de-sac et l'eau était très calme. Arrivé du côté opposé à la passerelle, je regardai de nouveau par les fentes des volets et vis cette fois la figure de l'homme.

C'était le chauffeur de Brise-glace, celui qui s'était malencontreusement esquinté le coccyx sur la carrosserie de sa Mercedes qui, grâce à mon action personnelle, l'avait précédé le matin même dans les eaux sombres et glacées de l'Amstel.

Il était pâle, mais cela pouvait être le reflet du petit écran. Il était en pantoufles, vêtu d'un vieux costume et le cou entouré d'une grosse écharpe de laine. Il fumait la pipe.

Je le vis éternuer et se moucher bruyamment sans quitter la télévision des yeux. En plus de son coccyx meurtri, il avait attrapé un rhume. Je le plaignais presque.

Il était de toute évidence passionné par le reportage et ne paraissait pas du tout nerveux. Je repris mon tour, un peu plus détendu, et me retrouvai devant, près de la porte.

Je n'avais pas découvert le moindre signe de la présence de Pulchérie ou d'Isa Belle, mais cela ne prouvait rien. Elles pouvaient être ficelées et bâillonnées dans une des pièces non éclairées. Je devais vérifier.

La main sur la poignée, je tournai doucement, puis poussai. La porte n'était pas verrouillée. J'ouvris juste ce qu'il fallait pour passer, puis refermai. J'étais dans la place. L'autre n'avait toujours rien entendu. Un avant venait de s'emparer de la balle et fonçait vers le but adverse. Une descente formidable. Les spectateurs dans le stade se levaient et hurlaient. Le commentateur essayait de hurler plus fort. Le chauffeur de Brise-glace accompagnait en tapant sur le bras du fauteuil. L'avant shoota des dix mètres. Le goal plongea, bloqua la balle, retomba dessus.

— Merde ! cria le chauffeur qui devait avoir des préférences.

— Ça n'est pas payé, dis-je à haute voix.

— Ça non ! répliqua-t-il.

Puis il se figea, ayant enfin compris. Je le tenais au bout de mon Browning, prêt à tirer s'il faisait l'imbécile. Je voyais son reflet assez flou sur l'écran du poste de télévision et j'eus soudain l'impression qu'il se préparait vraiment à faire l'imbécile.

— Mets tes mains sur ta tête, ordonnai-je. Vite !

Il obéit, à contrecœur. Je poussai de la main gauche le verrou de la porte, puis m'approchai. Je n'étais plus qu'à deux mètres lorsqu'il s'empara vivement de l'arme qu'il avait posée sur ses genoux. Mais il ne fut pas assez rapide, sans doute gêné par son coccyx endommagé. Je tirai le premier. Ma balle lui fracassa le poignet et termina sa course dans le poste de télévision dont le tube cathodique explosa.

Instinctivement, j'avais levé mon avant-bras gauche devant mon visage pour me protéger. Mais mon adversaire eut tout le côté droit de la figure bombardé d'éclats de verre. Il cria, comme si on l'égorgeait. J'allai débrancher le poste qui commençait à fumer, puis ramassai le Parabellum du chauffeur qui tenait son poignet transpercé éloigné de lui, essayant avec son autre main de serrer suffisamment pour arrêter l'hémorragie.

— L'artère est coupée, gémit-il, faites-moi un garrot où je vais crever.

— Ça serait vraiment dommage, appréciai-je d'un ton détaché.

Je mis l'arme récupérée dans la poche intérieure gauche de ma veste. C'était assez gênant, mais cela pouvait être utile.

— Faites-moi un garrot, bon Dieu ! supplia mon adversaire malheureux.

— Dis-moi d'abord où sont les deux filles que je cherche. On verra après.

— Salaud !

— Dis donc, imbécile, quand tu me tirais dessus, ce matin, sur le quai… t'ai-je traité de salaud ?

Son regard vacilla.

— Je… Je ne savais pas que c'était vous. On ne vous voyait pas… C'est vrai.

— Arrête, dis-je. Tu vas me faire pleurer. Où sont les filles ?

— Je ne sais pas.

— À ton aise, mais le problème est simple. Tu parles ou tu crèves.

Le sang coulait aussi des mille coupures qu'il avait au visage. Il commençait à s'affoler et j'étais sûr qu'il ne tarderait pas à me raconter sa vie.

— Je vais jeter un coup d'œil dans la baraque, repris-je. Ça te donnera le temps de réfléchir…

Je marchai vers une porte intérieure et l'ouvris. Il fut pris de panique à l'idée que je pusse l'abandonner, même deux minutes. Le sang giclait régulièrement du trou béant de son poignet, au rythme des battements de son cœur. Et son cœur battait vite.

— Arrêtez ! hurla-t-il. Les filles sont ici, dans un caisson, sous la cuisine. Il y a une trappe.

— Où est la cuisine ?

— Par là, à gauche. Mais faites-moi un garrot tout de suite…

— Tu as une cravate ?

— Oui.

— Donne-la-moi.

— Je ne peux pas. Si je lâche mon poignet, ça va couler encore plus fort…

Je vins vers lui, lui ôtai son cache-col.

— Où sont les autres ?

— Quels autres ?

— Ton patron et celui qui l'accompagnait cet après-midi ?

— Je ne sais pas.

Je resserrai sa cravate au lieu de la desserrer. Il devint violet.

— Je vous jure que je ne sais pas. Il est venu, puis il est reparti. Ça fait peut-être une demi-heure… Il avait interrogé les filles… Mais je ne sais pas où il est parti. Il m'a simplement dit de garder la maison et qu'il allait revenir.

— Tant pis, on attendra qu'il revienne pour te faire ton garrot.

Il essaya de se lever, retomba dans le fauteuil. Une peur abjecte déformait son visage. Il n'était pas de la même classe que Brise-glace, loin de là, et celui-ci l'aurait probablement tué s'il avait pu le voir, rien que pour le punir de se tenir aussi mal devant un adversaire.

— Je vous jure... Je vous jure que je ne sais pas où il est... Il ne me dit jamais rien... Je vous jure...

C'était vraisemblable. Dans notre métier, nous n'avons pas pour habitude d'exposer nos plans à des gens qui n'ont pas besoin de les connaître. C'est un principe élémentaire de sécurité. Quelqu'un qui ne sait rien ne peut rien raconter.

J'étais donc enclin à croire mon interlocuteur, mais j'ignorais sa position exacte dans la hiérarchie de la bande que Brise-glace paraissait diriger. Les Russes aiment assez truquer les apparences dans ce domaine particulier et j'ai connu des réseaux soviétiques dont le directeur en titre recevait en fait et clandestinement ses ordres du balayeur. Je retournai donc vers la porte. Le blessé se remit à hurler :

— Je vous dirai tout... Je ne sais pas où il est, mais je sais d'autres choses... Je vous les dirai... Je ne veux pas mourir. Je ne veux pas mourir...

Il avait déjà perdu plus d'un litre de sang. Ce n'était pas très grave, mais cela risquait de l'affaiblir au point qu'il ne pourrait plus parler. Je revins, mis le Parabellum dans ma poche et défis la cravate du type.

— Comment t'appelles-tu ?

— Hendrick.

— Ton vrai nom ?

— Hans Reichmeyer.

— Allemand ?

— Oui.

— De l'Est ?

— Oui. Berlin-Est.

— Et ton patron, celui qui a cette tronche en soc de charrue ?

— Pieter ?

— Son vrai nom ?

— Je l'ignore. Il a un passeport de l'Allemagne de l'Ouest au nom de Karl Osterman, mais c'est un faux.

— Je n'en doute pas. Où l'as-tu connu ?

— À Berlin, la semaine dernière.

— Tu travailles pour quel service ?

J'avais trouvé une règle sur un petit bureau, dans un angle de la pièce. Je nouai les deux bouts de la cravate après l'avoir passée sous l'avant-bras du blessé, au-dessus du poignet, manches remontées. Je commençai à tortiller.

— Hendrick… Je t'ai posé une question.

Je cessai de tortiller. Il se dépêcha de répondre.

— GRU, troisième bureau.

Le GRU, c'est la direction générale des renseignements du ministère des Forces armées soviétiques. D'après ce que nous en savons, cette direction générale groupe sept divisions ou bureaux :

1. Administration générale.
2. Recrutement et instruction – Écoles.
3. Opérations de renseignements en pays étrangers.
4. Opérations de sabotage.
5. Surveillance des transmissions militaires.
6. Planning de la recherche et de l'utilisation des renseignements.
7. Liaison avec les attachés militaires et officiers en mission officielle à l'étranger.

Le garrot commençait à serrer. Le sang giclait déjà moins fort. Je continuai de tourner la règle. Hendrick tenait toujours son poignet blessé dans sa main valide. Le sang qui coulait de son visage s'étalait sur sa veste.

— De quelle mission vous a-t-on chargé, exactement ?

Hendrick ne répondit pas. Je desserrai lentement le garrot.

— Je n'en sais rien. J'ai été chargé personnellement d'accompagner Pieter et d'exécuter tous les ordres qu'il me donnerait.

— Combien êtes-vous, exactement, sur cette affaire ?

— Nous sommes venus trois de Berlin, avec Paulus, celui que vous avez tué pour vous évader de la maison près de Rotterdam… On en a retrouvé deux autres ici, à Amsterdam.

— Explique-moi comment ils sont faits.

Il me donna les signalements qui correspondaient exactement aux physiques de l'homme qui accompagnait Pieter, *alias* Brise-glace, dans l'entrepôt et de celui qui m'avait temporairement servi de geôlier dans ce même entrepôt.

— *Okay*, fis-je, tiens bon cette règle et ne bouge pas.

— Je ne peux pas bouger, répliqua-t-il. J'ai le coccyx fêlé.

— Il va tout de même falloir que tu consultes un médecin assez rapidement, non ?

— Je crois que Pieter a l'intention de…

Il se mordit la lèvre. Maintenant qu'il s'était mis à parler, il ne savait plus s'arrêter. J'insistai :

— Pieter a l'intention…

Il soupira, craignant que je ne lui ôte son garrot.

— Il m'a dit que cette nuit il me conduirait à bord d'un bateau soviétique qui est ancré dans le port et, là, que je serais soigné…

Un bateau… C'est un moyen d'évasion classique pour les agents soviétiques. Tout le monde sait par exemple depuis l'affaire des espions de Portland que le *Yaroslav Dabrowsky*, un cargo polonais, qui vient régulièrement s'ancrer dans le port de Londres, assurait tout le trafic en hommes et matériel, dans les deux sens, pour les réseaux soviétiques travaillant en Grande-Bretagne.

Je me rendis enfin dans la cuisine, ayant un peu mauvaise conscience d'avoir ainsi fait attendre mes belles amies dont la position n'était peut-être pas tellement confortable. Mais je ne pouvais laisser passer l'occasion de faire bavarder Hendrick…

Je dus déplacer la table et soulever le linoléum pour découvrir la trappe. Lorsqu'elle fut ouverte, je sortis ma lampe-torche et l'allumai. Pulchérie et Isa Belle étaient là, au fond d'un caisson-flotteur qui puait le moisi. Elles étaient enroulées dans des couvertures et ficelées par-dessus, les bras le long du corps, selon la technique du roast-beef. Également bâillonnées.

— Hello ! fis-je. Ravi de vous revoir.

Aveuglées par la lumière de la lampe ; elles ne m'avaient sûrement pas reconnu, mais le son de ma voix les fit sursauter. Je mis ma lampe dans la ceinture de mon imperméable et descendis dans le caisson à la force des poignets, prenant garde à ne pas écraser les toutes belles.

Je pris d'abord la plus légère et la soulevai à bout de bras pour la pousser sur le plancher de la cuisine. Isa Belle suivit ensuite le même chemin avec moins de grâce, car ses soixante kilos bien tassés et son châssis grand format ne se manœuvraient pas aussi aisément.

Je les rejoignis au prix d'un rétablissement, refermai la trappe, cherchai un couteau dans le tiroir de la table et entrepris de les libérer, n'ôtant leurs bâillons qu'en dernier afin de me ménager un léger répit.

Elles explosèrent en même temps et ne cessèrent qu'en me voyant me boucher les oreilles.

— Du calme, ordonnai-je. Chacune son tour.

Pulchérie n'était pas contente, cela se voyait.

— Pour un jeu de cons, c'est un vrai jeu de cons, grommela-t-elle. Et je suis polie ! Je me souviendrai de vous, mon vieux, soyez en sûr ! Si on fait le compte de tous les em... qu'on a eus depuis même pas vingt-quatre heures qu'on vous connaît, ça fait un paquet. Je vous dis que ça. Un vrai gros lot ! M... !

Elle était déchaînée. Isa Belle voulut la calmer. Elle la repoussa brutalement.

— Toi, f...-moi la paix. T'as couché avec lui, je sais. Eh bien, pas moi. Et tu l'as vu rappliquer, la g... enfarinée ?... Hello !... Ravi de vous revoir ! Il se f... de nous par-dessus le marché, ce c... !

Là, elle commençait à m'agacer et je n'avais plus envie de rire. Je la gratifiai d'une paire de gifles, aller, retour, pas trop fortes mais assez néanmoins pour l'impressionner. Elle en resta bouche bée, le souffle coupé, cramoisie, avec les traces de mes doigts, en blanc, sur ses joues.

— C'est fini, ton numéro ? Tu te crois encore au cabaret, probablement ?

Elle restait médusée. Je m'adoucis.

— Filons d'ici, décidai-je. Si l'équipe revient, je ne tiens pas à ce que vous écopiez des balles perdues.

Je les poussai hors de la cuisine. Elles étaient engourdies et titubaient comme si elles avaient été ivres. Pulchérie arriva la première dans la salle de séjour et le court trajet lui avait suffi pour retrouver sa verve, dont Hendrick fit cette fois les frais.

— Tiens, v'là cul-cassé ! Ben, qu'est-ce qui t'est arrivé, mon gros ? Tu t'es mordu ? Et cette figure ! Mais, il est fou ! Il s'est débarbouillé à la paille de fer !

Elle continuait d'avancer et elle aperçut le poste de télévision démoli.

— Non, mais regarde-moi ça ! Il a cassé la TV ! Mais il est dingue ce mec !

— La ferme ! dis-je.

Elle se retourna vers moi, très digne.

— Soyez pas grossier, répliqua-t-elle. Je déteste les gens grossiers.

Ce fut à mon tour d'être soufflée. Elle aperçut le bar dans un angle de la pièce et alla piquer une bouteille de vodka à peine entamée. Elle nous rejoignit près de la porte.

— Bonne chance, Hendrick ! lançai-je avant de sortir.

— Bonjour chez toi ! ajouta Pulchérie.

— Toujours spirituelle, remarquai-je en refermant la porte.

— Moi, j'ai pas d'instruction, riposta-t-elle. Alors, je me débrouille comme je peux. Je suis une selfmade-mane, moi.

— Une *self made woman*, corrigeai-je.

— Pourquoi ? s'étonna-t-elle.

— Parce que tu es une fille.

— Comment tu le sais ? Tu n'y es pas venu voir, dit-elle en me tutoyant elle aussi.

— À droite, indiquai-je.

Je me mis entre elles et leur donnai le bras pour les aider à marcher sur les pavés boueux. Nous arrivâmes rapidement à la voiture. Je les fis monter toutes deux derrière et mis en route afin de nous rapprocher, tous feux éteints, de la maison flottante que nous venions de quitter. Pulchérie buvait au goulot de la bouteille de vodka. Isa Belle en fit autant. Je refusai de les imiter. Le Maxiton et le grog au bourbon que j'avais bu en venant m'avaient remis en forme et je n'avais pas besoin de remontant.

— Maintenant, racontez, ordonnai-je. Pulchérie d'abord. Comment ça s'est passé, comment t'ont-ils embarquée, qu'est devenue la poupée ? Je veux tout savoir.

— J'en ai marre de raconter ma vie, répliqua Pulchérie. Je l'ai déjà racontée aux autres, ça suffit comme ça.

J'ouvris la portière. J'étais décidé à lui flanquer une bonne fessée pour la ramener à de meilleurs sentiments. Isa Belle intervint, sèchement :

— Écoute, fit-elle, si tu continues comme ça, je ne te parle plus jamais de ma vie, c'est compris ?

— M... ! s'exclama Pulchérie. T'es mordue pour ce... pour... pour lui !... Bon d'accord, je vais être gentille, mais c'est bien pour toi.

— Elle est adorable, dis-je.

— Poussez pas, beau gosse, ou je pique une tête dans le canal. Alors, vous voulez savoir quoi au juste ?

La patience, une patience infinie, est une des premières qualités exigées pour faire un bon agent secret. Je répétai les questions. Pulchérie rebut une gorgée de vodka, Isa Belle lui avait rendu la bouteille.

— Je descendais pour aller vous retrouver tous les deux à l'Amstel. Je vois une voiture devant la porte, j'ai cru que c'était un taxi... Hep ! que je fais, conduisez-moi à l'Amstel...

— Tu es myope, ou quoi ? objectai-je. Un taxi, ça se reconnaît.

— Pas forcément ici, dit Isa Belle. Il y en a certains, des voitures de louage, qui ont le compteur sous le tableau de bord et aucun signe à l'extérieur...

— Bon, admis-je, continue.

— Si tu me crois pas, lança Pulchérie, vaut mieux que je me taise tout de suite.

— Continue, fit Isa Belle.

— Je grimpe derrière. Y avait déjà un mec. Oh ! pardon, que je lui fais… Et je veux ressortir… Mais, bouge pas, que me dit le mec, ou je te fais un trou… Je le traite de vieux salaud, j'avais pas vu le pétard qu'il avait dans la main… Ça m'a coupé le sifflet, quand je l'ai vu… M…, ça fait un effet ! J'avais les jambes toutes, molles, on aurait dit deux saucisses de Francfort qu'auraient bouilli. Parole ! Le temps de revenir à moi, on roulait déjà… Où est la poupée, qu'il me demande… Je l'ai pas, que je réponds… Alors, il dit comme ça : on peut pas te fouiller ici, mais on va t'emmener dans un coin bien tranquille… J'étais furax… Pour le strip-tease, je lui dis, c'est tous les soirs au Trocadéro, de 22 heures jusqu'à 2 heures du matin… Te fatigue pas, il me dit, je suis pas un pigeon… Pour finir, on s'est retrouvés du côté des docks et ils m'ont fait grimper en haut de cet entrepôt. Là, ces salauds m'ont fait une piqûre et j'ai plongé dans les vaps. Je voudrais bien savoir ce qu'ils m'ont fait pendant tout le temps que j'ai roupillé. Si jamais ils m'ont fait ce que je pense, je leur arracherai les choses et j'en ferai du pâté ! Parole ! Vous voyez pas que j'aie un gosse d'un de ces salauds ? Non, mais rigolez pas, ça pourrait arriver. C'est des choses qui arrivent. J'ai une copine…

— Laisse ta copine tranquille, fis-je. Parle-moi plutôt de la poupée gigogne…

— De la poupée quoi ?

— De la poupée russe, celle que l'on t'a demandé de nous apporter à l'Amstel. Ils te l'ont prise, forcément ?

— T'es bête ! répliqua-t-elle en haussant les épaules. Ils pouvaient pas me la prendre, puisque je l'avais pas.

Je ne pus m'empêcher de sursauter.

— Tu ne l'avais pas ? Qu'est-ce que tu racontes ? Tu disais tout à l'heure que tu venais nous l'apporter quand les autres t'ont piquée à la sortie de la pension…

Je me tournai sur mon siège pour la regarder, mon bras droit appuyé sur le dossier. La neige qui couvrait les bas-côté de la route reflétait assez de lumière à l'intérieur de la voiture pour que l'on pût distinguer les visages. Pulchérie paraissait de nouveau très ennuyée.

— Je suis vraiment trop conne ! explosa-t-elle. J'aurais pu te raconter qu'ils m'avaient piqué la poupée et tu m'aurais fichu la paix. Mais je peux pas mentir, moi, c'est au-dessus de mes forces. Pourtant, si je faisais le compte de tous les em… que j'ai eus à cause de ça…

— Tu feras tes comptes plus tard, l'interrompis-je. Explique-moi en deux mots si possible pourquoi tu n'amenais pas la poupée.

Elle haussa nerveusement les épaules, détourna son regard vers la chaussée où la neige commençait à prendre le dessus sur la boue.

— Si je ne l'amenais pas, c'est que je ne pouvais pas.

— Et pourquoi ne pouvais-tu pas ?

Tendue, Isa Belle attendait la réponse avec autant d'intérêt que moi. Pulchérie murmura quelque chose d'incompréhensible.

— Cesse de parler dans tes souliers.

Je revins face au volant et fis fonctionner les essuie-glaces pour balayer la neige qui s'accumulait sur le pare-brise. Tout était calme du côté des maisons flottantes. Plus loin, devant le bistrot, quelques hommes se séparaient, deux d'entre eux venant dans notre direction. Je donnai un coup de pouce au rétroviseur afin de pouvoir surveiller en même temps Pulchérie.

— Bon, reprit-elle, je vais tout vous dire…

Elle regarda Isa Belle, avec une mine de chien battu.

— Promets-moi de ne pas m'engager, supplia-t-elle.

— Explique, riposta froidement Isa Belle, on verra plus tard.

Pulchérie laissa échapper un soupir à fendre l'âme.

— Ben voilà, dit-elle, je t'en ai pas parlé, mais j'avais des ennuis avec l'espionne…

Je me souvins qu'elles appelaient ainsi la blonde voisine d'Isa Belle, à la pension ; cette jolie garce qui semblait employer le plus clair de ses nuits à espionner les autres pensionnaires, à seule fin de pouvoir les dénoncer ensuite à la propriétaire.

— J'ai fait une connerie, un jour, la semaine dernière… J'ai pas voulu t'en parler.

— C'est toi qui as cassé le vase en cristal de la propriétaire ! s'exclama Isa Belle.

— Oui, avoua Pulchérie, et l'espionne m'a vue ressortir du bureau. Tu comprends, quand la tôlière a dit que son vase valait deux cents florins… Deux cents florins, ça fait vingt-cinq mille balles. Tu sais qu'en ce moment je suis plutôt raide, alors j'ai supplié l'espionne de rien dire. D'accord, elle m'a dit, mais je te demanderai quelque chose en échange…

— Et elle t'a demandé la poupée d'Isa Belle ?

Les deux hommes qui étaient sortis du bistrot un instant plus tôt arrivaient sur leurs bicyclettes. Ils examinèrent la Fiat avec curiosité, mais passèrent sans s'arrêter. Les phares d'une voiture balayèrent le rideau de neige du côté des écluses.

— Oui, répondit Pulchérie.

Elle se tourna vers Isa Belle.

— J'ai d'abord voulu t'en parler, puis comme je sais que tu peux pas la voir en peinture, je me suis dit comme ça que tu refuserais sûrement. Alors… alors…

— Alors, tu m'as fauché la poupée pour la donner à cette garce, en espérant que je n'en saurais rien…

— Oui, murmura Pulchérie en déglutissant avec peine.

— Bon, intervins-je. Conclusion : la poupée est chez cette fille.

— Elle y était, rectifia Pulchérie d'une toute petite voix.

Je compris aussitôt.

— Tu as raconté l'histoire aux autres.

— Oui…

Elle se remit en colère.

— M…, j'en ai rien à f… de vos histoires… Ils voulaient m'enfermer toute nue avec un rat dans un caisson. Je m'appelle pas Jeanne d'Arc, moi. J'allais pas me laisser bouffer, pour défendre quoi ? Je vous le demande ? Une poupée en bois qui vaut tout juste cinq cents balles ! Faut pas pousser, hein ?

— Ça fait longtemps qu'ils sont partis chercher cette poupée ?

Isa Belle consulta sa montre en l'approchant très près de ses yeux.

— Une bonne heure, dit-elle.

— Je vais vous laisser au bistrot, décidai-je. Vous n'aurez qu'à manger un morceau en surveillant l'house-boat. Je vous appellerai au téléphone tous les quarts d'heure pour savoir si les autres sont revenus. Je vais à la pension, on ne sait jamais…

Pulchérie protesta :

— Pas question, on a tout juste le temps de rentrer pour se préparer. Faut qu'on soit à 21 heures au cabaret…

— Vous ne rentrerez pas chez vous et vous n'irez pas au cabaret ce soir, dis-je. À moins que ça ne vous amuse de vous faire enlever… Seulement, cela pourrait bien finir par tourner mal.

Elles ne répondirent pas. Je fis tourner le moteur, enclenchai la première et démarrai doucement…

10

Au bout du Singel, j'atteignis le marché aux fleurs, installé au bord de l'eau, Je dus rouler au pas, car il y avait, juste la place d'une voiture entre le trottoir et l'alignement des marchands.

On était à quelques jours de Noël et des guirlandes électriques couraient d'une tente à l'autre, éclairant des bouquets de fleurs et de fruits secs et surtout les sapins, des centaines de sapins, des petits et des grands, dont la forte odeur de résine arrivait jusqu'à mes narines par l'entrebâillement de la vitre.

Le marché aux fleurs se termine sur Muntplein. Là, au pied de la tour de la Monnaie, une équipe de l'Armée du salut jouait des psaumes en tapant des semelles dans la neige, attirant l'attention et la générosité des passants vers une bassine de cuivre suspendue dans un trépied.

Un tramway débarqua puis embarqua des gens tout près de là. Les feux passèrent au vert et je repartis. Je pris par Reguliersbreestraat pour gagner Rembrandstplein, continuai tout droit jusqu'à la rivière, tournai à gauche avant le pont. Le spectacle des quais de l'Amstel sous la neige valait la peine d'être admiré, mais ce n'était pas le moment de me laisser distraire. La ruelle où était située la pension de mes petites amies strip-teaseuses débouchait cent mètres plus loin et Pieter Brise-glace pouvait fort bien se trouver encore dans les environs.

Je rangeai la Fiat en biais le long du quai. Un train de péniches passait rapidement, entraîné par un remorqueur trapu. Je bloquai le frein à main, coupai le contact, engageai la marche arrière. Puis, je verrouillai trois portières à l'intérieur, descendis et fermai la quatrième à clé. Je pensais ainsi avoir pris un maximum de précautions pour m'éviter de retrouver mon véhicule au fond de l'eau.

J'étais plutôt chargé : un Parabellum dans la poche droite de mon imperméable, une torche électrique dans la poche gauche, un autre Parabellum à l'intérieur de ma veste, côté cœur. Cela faisait pas mal de bosses, mais leur excès même et le fait que nous étions dans une période d'achats de cadeaux leur enlevaient tout caractère inquiétant.

Je partis à pied sur l'extrême bord du quai au risque de glisser et de tomber à l'eau ; mais bien m'en avait pris. Je n'étais plus qu'à dix mètres de l'axe de la ruelle lorsque je découvris deux hommes assis sur la banquette avant d'une Mercedes noire d'un modèle ancien, rangée le dos à la rivière.

Je me mis à l'abri d'une camionnette en stationnement près d'un arbre, sans cesser d'observer les deux hommes. Quelques minutes s'écoulèrent, puis une grosse voiture américaine passa lentement et la lumière de ses veilleuses éclaira suffisamment les visages des deux occupants de la Mercedes : Pieter Brise-glace et son coéquipier.

Cette constatation me remplit d'aise. Ainsi, ils n'avaient pas encore récupéré la poupée, c'était évident. S'ils n'avaient pas récupéré la poupée, c'était qu'ils n'avaient pu joindre celle qui la détenait. Deux raisons possibles : la fille était sortie et ils attendaient son retour, ou bien pour des raisons de sécurité ils n'osaient plus se présenter à la pension et ils attendaient que la fille sortît…

En ce qui me concernait, je pouvais soit attendre avec eux et les attaquer par surprise à l'instant qu'ils interpelleraient la fille, soit essayer de les doubler en les gagnant de vitesse.

La première solution était plus sûre car je ne les perdrais pas de vue ; mais elle pouvait mal tourner car ils ne se laisseraient sûrement pas faire sans réagir, étant donné l'importance de l'enjeu. Et l'on ne sait jamais ce qui peut résulter d'une fusillade à bout portant.

La seconde solution m'obligerait à m'éloigner durant quelques minutes, pendant lesquelles pourrait fort bien se produire l'action finale. Mais elle me laissait une chance de régler l'affaire en douceur.

Je choisis la seconde et battis rapidement en retraite jusqu'à un bar voisin que j'avais remarqué en passant. Je commandai un bourbon et demandai le téléphone. Je fis d'abord le numéro du bistrot de Buiksloterweg où j'avais laissé mes petites amies, et demandai Mlle Fournier. Isa Belle vint en ligne.

— Personne n'est venu, me dit-elle sans plus attendre.

— Ils sont près de chez toi, répondis-je. Je viens de les voir. Il me faut le nom de ta voisine, l'espionne.

— Elle s'appelle Marijke Moreelse…

— Épèle.

Elle épela.

— Merci. Maintenant, vous pouvez aller à l'Amstel. Ils te connaissent. Tu prends la clé et vous montez toutes les deux. Vous pourrez prendre un bain et mettre un peu d'ordre. Si je tarde trop, couchez-vous et dormez.

— D'accord, fit-elle. Je viens de téléphoner au cabaret pour dire que nous sommes malades toutes les deux et que nous ne…

Je n'avais pas le temps de l'écouter, chaque seconde comptait. Je raccrochai et composai le numéro de la pension. Je mis mon mouchoir sur le micro afin de changer la tonalité de ma voix. La propriétaire répondit, je lui parlai en allemand.

— Pouvez-vous m'appeler Mlle Marijke Moreelse, s'il vous plaît ?

— Elle n'est pas là, répondit-elle. Mais êtes-vous son imprésario ?

— Oui, affirmai-je. Elle vous a laissé une commission pour moi ?

Ce n'était pas très difficile à deviner, étant donné la façon dont elle avait posé la question. Elle fut convaincue par mon assurance et reprit :

— Oui, justement. Elle m'a dit de vous dire, mais seulement à vous, qu'elle était ce soir chez ses parents. C'est l'anniversaire de sa mère, vous comprenez.

— Ils ont le téléphone ?

— Non, mais je vais vous donner l'adresse.

— S'il vous plaît. Il faut absolument que je joigne Marijke ce soir.

Il y avait un crayon au bout d'une ficelle et un calepin sur la tablette, sous l'appareil. Je les utilisai pour noter l'adresse que la bonne femme m'indiquait.

— C'est une maison de vieux, précisa-t-elle, à Slotervaart.

— C'est loin ?

— Non, c'est la banlieue sud-ouest. Six ou sept kilomètres…

— Parfait, dis-je, le temps d'acheter un cadeau pour la maman et j'y vais.

— Marijke doit lui offrir une jolie poupée russe avec des tas d'autres poupées dedans. C'est très amusant…

Mon cœur fit un bond.

— Merci, madame, vous êtes très aimable.

Je raccrochai, retournai au bar, posai un billet sur le comptoir et bus mon bourbon pendant que le barman me rendait la monnaie. Dehors, la neige ne tombait plus, quelques flocons voletant encore de-ci, de-là. Les branches des arbres, chargées de blanc, se découpaient avec netteté sur le ciel noir. Je revins vers la Mercedes, à seule fin de m'assurer que mes adversaires étaient bien toujours là. Il ne me restait plus qu'une trentaine de mètres à parcourir lorsque j'entendis claquer des portières. Un instant plus tard, je les vis qui se concertaient devant le capot de leur voiture, puis, ensemble, ils s'engagèrent dans la ruelle.

L'affaire se corsait. Ils avaient dû perdre patience et voulaient maintenant attraper le taureau par les cornes. Je ne croyais pas que la tôlière accepterait de leur dire où se trouvait Marijke Moreelse. Elle les reconnaîtrait pour les avoir vus le matin même dans la chambre d'Isa Belle et elle craindrait sûrement qu'ils n'aient appris par celle-ci le petit jeu de dénonciation auquel se livrait Marijke Moreelse. Isa Belle ayant disparu, la propriétaire pourrait penser que les deux hommes venaient en son nom se venger de la voisine abusive…

Par ailleurs, s'ils prenaient le risque de neutraliser temporairement la bonne femme afin de perquisitionner dans la chambre de Marijke Moreelse, je savais maintenant qu'ils n'y trouveraient pas la poupée.

Dissimulé derrière leur propre voiture, je les vis sonner à la porte de la pension. La porte s'ouvrit, commandée depuis l'étage. Ils entrèrent.

L'endroit était parfaitement calme. Je voyais des gens aller et venir dans leurs appartements aux larges fenêtres sans rideaux. Mais il n'y avait momentanément personne dans la rue. La tentation fut trop forte. J'ouvris la portière avant gauche de la Mercedes, que Pieter Brise-glace avait encore négligé de verrouiller, desserrai le frein de stationnement, mis le levier de vitesse au point mort et commençai de pousser, après m'être assuré de nouveau que personne ne m'observait.

Ce n'était pas si facile que le matin précédent. La neige rendait la chaussée glissante et mes semelles dérapaient. Je parvins tout de même à ébranler la lourde voiture. À cet instant un cycliste déboucha dans la ruelle, s'arrêta devant la porte d'une maison, prenant tout son temps. Je craignais que les autres ne reviennent. Enfin, le cycliste entra dans la maison. Je me remis à pousser, agissant sur le volant pour donner au véhicule une orientation convenable.

Je m'éloignai juste à temps pour éviter la douche. La gerbe d'eau monta très haut, inondant une bonne partie du quai. J'entendis des glouglous précipités, un bruit de succion, puis plus rien. Je filais déjà bon train vers la Fiat, sans pouvoir m'empêcher de rire en imaginant la tête de Pieter Brise-glace lorsqu'il ressortirait de la pension. Deux voitures à l'eau dans la même journée et au même endroit, cela peut déjà s'appeler de la malchance. Quant à la brigade spécialisée, je doutais qu'elle touchât jamais ses quarante florins, pas plus pour celle-ci que pour la première.

La Fiat, elle, était toujours là. Je repris le volant et démarrai aussitôt. À bonne distance, je m'arrêtai pour chercher sur mon plan de la ville la rue indiquée par la propriétaire de la pension… Ce n'était pas très compliqué. Il me fallait prendre Leidschestraat, puis

Overtoom et enfin Cornelis Lelylaan qui me conduirait directement au quartier de Slotervaart. C'était pratiquement tout droit. Je repartis…

*

La Hollande est sûrement l'un des pays qui font le plus pour les vieillards. On ne les met pas dans les hôpitaux, comme cela se fait en France et ailleurs, mais on les accueille dans des maisons spécialement construites, sortes de résidences où chaque couple dispose d'un petit appartement où il peut amener ses meubles personnels. Seuls les repas sont pris en commun, et il y a des infirmières pour s'occuper des infirmes et des malades. Le loyer demandé est extrêmement faible.

Ces maisons pour les vieux sont une tradition. Il en existe de très anciennes, mais on en trouve dans tous les quartiers neufs et il en est toujours prévu dans les plans nouveaux.

La maison qu'habitaient les parents de Marijke Moreelse se trouvait dans un bloc de constructions nouvelles. Elle avait la forme d'un « U », avec une cour intérieure gazonnée et plantée d'arbustes à feuilles persistantes. Un seul étage au-dessus du rez-de-chaussée, de larges fenêtres à guillotine, sans rideaux, avec décors de plantes vertes.

J'avais laissé la voiture un peu plus loin et j'étais maintenant à l'entrée de la cour. Il était 20 h 40. Toutes ces fenêtres éclairées laissant voir dans leur intérieur des petits vieux occupés à lire des journaux, à écouter la radio ou à jouer aux dominos donnaient une curieuse impression de fabriqué, de décor de théâtre.

J'entrai dans la cour, marchant sur l'allée de briques qui en faisait le tour. Si l'on s'inquiétait de ma présence, je ferais semblant de chercher quelqu'un, n'importe quel nom ferait l'affaire.

Il y avait foule chez les Moreelse, pour l'anniversaire. Ils habitaient au rez-de-chaussée, à droite. Marijke, près de la fenêtre, discutait avec un petit homme à cheveux blancs qui paraissait très excité. Un électrophone fonctionnait sur le buffet et quelques couples dansaient. La moyenne d'âge devait s'établir nettement au-dessus de soixante-dix ans. La bière et le *schiedam* paraissaient couler à flots et l'ambiance était nettement survoltée.

Je fis demi-tour et retournai vers la voiture. J'avais le temps. Comme ils étaient partis, les joyeux vieillards ne se coucheraient pas de sitôt.

Habituellement, lorsqu'il se trouve en mission à l'étranger, un agent de renseignement doit éviter soigneusement tout contact avec les représentants diplomatiques de son pays, pour ne pas risquer de les compromettre. Mais, cette fois-ci, j'étais bien obligé de transgresser cette règle, puisque l'affaire avait tourné de telle façon que je ne pouvais la conclure sans une aide extérieure ; et cette aide extérieure, je ne pouvais la demander qu'à un service officiel américain.

De toute façon, il n'y avait aucun risque. Je travaillais dans un pays allié et mon action ne pouvait porter aucun préjudice à ce pays, bien au contraire, la sécurité de la Hollande, comme celle des autres pays européens, étant étroitement liée à la sécurité des États-Unis d'Amérique.

En moins d'un quart d'heure, j'atteignis Museumplein. La chance voulut que l'homme dont j'avais besoin fût précisément disponible, Il fut convenu qu'il passerait la nuit dans le laboratoire photographique, à ma pleine et entière disposition. Je repartis pour Slotervaart, ne pouvant me défendre contre une certaine angoisse. J'avais pris une avance sur l'adversaire, mais celui-ci m'avait suffisamment administré la preuve de son efficacité pour que je ne sois pas tenté de m'endormir sur mes lauriers…

Un bon agent secret doit toujours être parfaitement maître de ses nerfs et d'une patience inaltérable. Mes nerfs et ma patience devaient être mis ce soir-là à bien rude épreuve. Les joyeux vieillards firent la nouba jusqu'après une heure du matin et la dernière lumière ne s'éteignit dans l'immeuble qu'un peu avant 2 heures.

J'avais bien envisagé de me présenter tout bonnement à la porte des Moreelse sous le prétexte de venir féliciter l'héroïne de la fête, de justifier cette intervention aux yeux de Marijke par une cour pressante… Mais je ne pouvais oublier que ma mission ne serait pleinement réussie qu'à la condition que cette réussite restât ignorée des Russes. Car, si ceux-ci savaient que nous avions pu obtenir une copie du rapport sur les grandes manœuvres de leurs armées dans le Grand Nord, ils s'empresseraient de modifier l'ordre de bataille qui devait en être la conclusion, c'est-à-dire les plans stratégiques et tactiques pour une guerre éventuelle.

Il fallait donc que les Russes récupèrent le document après que j'en aurais pris copie, mais sans savoir que j'en avais pris copie.

J'attendis jusqu'à 2 h 30. La neige s'était remise à tomber, lentement, à gros flocons. Tout était calme et silencieux, les maisons obscures. Je laissai l'un des Parabellums sous mon siège et pris à la place la trousse à outils de la voiture. Puis, j'ouvris la portière, descendis, refermai très doucement.

La neige étouffait le bruit de mes pas et ne tarderait à en recouvrir les traces. J'entrai dans la cour. Était-ce les effets de l'alcool et de la fatigue ou bien une habitude de braves gens ne craignant pas les voleurs ? Je l'ignore encore, mais il y avait très peu de fenêtres, même au rez-de-chaussée, devant lesquelles les volets avaient été baissés. Et les Moreelse faisaient partie de ceux qui ne s'étaient pas donné cette peine.

Cela me faisait tout juste un peu de travail en moins, un peu moins de bruit en perspective. Je sortis mon couteau pour entailler légèrement et proprement le bois à hauteur du loquet. Je souhaitais que la neige continuât de tomber, de plus en plus drue. Car, si elle cessait, je deviendrais vraiment trop visible, avec mon imperméable sombre au milieu de toute cette blancheur.

Lorsque l'entaille me parut suffisante, je pris un solide tournevis dans la trousse à outils et en poussai l'extrémité de toutes mes forces pour l'engager sous le pêne. J'y parvins sans trop de difficultés, exerçai une pesée. Il y eut un claquement sec et le panneau inférieur de la fenêtre se souleva.

Je m'étais baissé. J'avais l'impression que tous les habitants de l'immeuble devaient avoir entendu le bruit et que toutes les fenêtres allaient s'éclairer. Il ne se passa rien. Lentement, je me redressai, levai le panneau, puis me hissai sur les avants bras pour passer à l'intérieur.

J'étais dans la place. Je baissai la vitre pour éviter les courants d'air qui auraient pu me trahir, enveloppai le projecteur de ma lampe torche dans mon mouchoir afin d'en atténuer sensiblement l'éclat et l'allumai.

J'éteignis aussitôt, le souffle coupé par la surprise. Il y avait quelqu'un dans la pièce, quelqu'un dormant sur un divan du côté opposé à la fenêtre. Je restai un moment immobile, retenant mon souffle. Puis je rallumai.

C'était Marijke. J'aurais bien dû penser que l'appartement ne pouvait avoir plusieurs chambres à coucher et qu'elle s'installerait forcément dans la pièce de séjour. Elle paraissait dormir profondément, d'un sommeil lourd, presque pénible. Sans doute avait-elle beaucoup bu, comme tout le monde. Elle était tournée vers le mur.

Une odeur de fumée refroidie et de bière flottait dans l'atmosphère, ce qui n'était pas très agréable. Je pivotai lentement sur moi-même Les cadeaux étaient réunis sur le buffet à côté de l'électrophone dont le couvercle n'avait pas été remis. La poupée gigogne était là. Tout au moins une poupée gigogne, car rien ne prouvait encore que ce fût la bonne.

Je la pris et la mis dans ma poche, éteignant en même temps ma lampe devenue inutile. Quelques secondes plus tard je ressortais. Les pieds dans la neige, je refermai la fenêtre aussi bas que possible sans la verrouiller…

Il était environ 2 h 30. Je rejoignis ma voiture et démarrai aussitôt pour me rendre au consulat…

11

Les poupées gigognes fabriquées en Russie sont en bois et ont une forme stylisée que l'on peut décrire comme un œuf à fond plat qui représente le corps, surmonté d'un demi-œuf plus petit pour la tête. Elles sont peintes extérieurement et creuses. Elles s'ouvrent comme une boîte, à hauteur de la ceinture. Ouverte, la poupée en livre une autre un peu plus petite qui, ouverte à son tour, en livre une troisième, laquelle… etc., etc. C'est le principe des boîtes japonaises. Plus la dernière boîte est minuscule et plus l'objet a de prix.

Ce qui me frappa lorsque nous démontâmes la poupée gigogne que j'avais prise chez les Moreelse, ce fut la grande taille, inhabituelle, de la dernière poupée. Un rapide examen à la loupe nous apprit qu'elle avait été collée. Il ne nous restait plus qu'à lui faire livrer son secret, ce que nous obtînmes avec l'aide d'une bonne lame de rasoir.

Nous en sortîmes quatre films de Minox, de cinquante vues chacun. Le spécialiste se mit aussitôt au travail. Pendant ce temps, je pus obtenir un sandwich au saucisson et un bourbon bien tassé qui me firent l'un et l'autre beaucoup de bien. J'eus encore le temps de me reposer une bonne heure dans un fauteuil confortable, après quoi le spécialiste me réveilla en m'annonçant que tout était terminé et qu'il avait obtenu des copies assez satisfaisantes.

Nous remîmes les originaux où nous les avions trouvés. La poupée fut soigneusement recollée, mais je l'emmenai à part afin de laisser à la colle le temps de sécher à l'air libre.

Il était exactement 4 h 45 lorsque j'arrêtai de nouveau la Fiat à faible distance de la maison des vieux de Slotervaart. Je reconstituai la poupée telle que je l'avais trouvée et sortis de la voiture. Le vent soufflait avec force, balayant la neige. Je fus un moment obligé de lui tourner le dos pour reprendre haleine. Dans la cour, c'était plus calme, et je pus respirer plus à l'aise.

Tout était obscur et j'espérais que tout le monde dormait. J'étais inquiet à l'idée de rentrer dans la salle de séjour des Moreelse, sachant maintenant que Marijke s'y trouvait. Si jamais elle se réveillait intempestivement, il me faudrait beaucoup d'habileté et il lui faudrait beaucoup de… naïveté pour que tout se passe bien.

La fenêtre se souleva sans résister et le vent s'engouffra dans la pièce. Je me soulevai sur les avant-bras, fis un rétablissement et passai de l'autre côté. J'entendis un cri de frayeur, heureusement étranglé, et la lumière s'alluma.

J'étais bel et bien pris, mais ma nature est ainsi faite que dans des cas semblables je ne perds jamais mon sang-froid. Je fis « chut » en appuyant mon index sur mes lèvres, puis me mis à sourire. Un sourire complice, aussi rassurant que possible. Marijke n'était pas une oie blanche, loin de là, et ce n'était pas l'irruption d'un homme dans sa chambre qui pouvait l'effrayer, à condition qu'elle connût cet homme et fût en même temps persuadée qu'il n'en voulait probablement qu'à sa vertu…

Elle resta bouche bée, mais n'en fit pas plus. Je refermai la fenêtre et dis juste assez fort pour qu'elle pût m'entendre :

— Éteignez, Marijke. Je vais vous expliquer…

Elle était assise dans son lit, les couvertures remontées jusque sous le menton, dans une attitude de défense puérile. Elle bougea enfin et allongea le bras pour éteindre. Je sortis de ma poche la poupée gigogne et la remis en passant sur le buffet, espérant que Marijke ne pouvait voir mon geste. Je butai ensuite dans la table, puis atteignis le divan.

— Je n'ose pas m'asseoir, dis-je. Je suis tout trempé.

Elle prononça quelques mots dans sa langue natale, que je ne compris pas.

— Parlez allemand, demandai-je.

Elle resta muette.

— Vos parents peuvent-ils nous entendre ?

Elle grogna, puis se plaignit :

— Bon Dieu ! que je suis malade !

Elle avait dû trop boire et trop manger. Je me rendis compte avec un vif plaisir que son malaise était pour elle le problème numéro un et que ma présence insolite passait ainsi au second plan.

— C'est votre logeuse qui m'a donné votre adresse ici, continuai-je néanmoins.

Elle ralluma. Elle était d'une pâleur de cire, avec de larges cernes noirs sous les yeux.

— Je suis trop malade, reprit-elle. Je crois que je ferais mieux d'aller vomir…

Elle me saisit la main et je l'aidai à se sortir du lit. Elle avait dû oublier sa chemise de nuit ou être trop fatiguée pour terminer de se déshabiller, car elle était en soutien-gorge et petite culotte de dentelle noire et elle avait gardé ses bas. Elle me lâcha, traversa la pièce en titubant et ouvrit la porte dans le couloir. Je refermai la porte et me retrouvai seul. J'avais très envie de repartir sans autre forme de procès, mais Marijke m'avait vu et elle s'en souviendrait, n'étant pas assez saoule pour croire à un mirage. Il me fallait donc la convaincre d'oublier ma visite, quoi qu'il pût arriver, et de n'en parler à personne ; surtout pas à Pieter Brise-glace si elle avait affaire à lui lorsqu'il viendrait pour récupérer la poupée. Car il viendrait sûrement, je n'en doutais pas. Ce n'était probablement qu'une question d'heure. Et il ne fallait absolument pas que mon adversaire pût soupçonner que j'avais eu la possibilité de prendre une copie du document.

Je m'étais rapproché du buffet. Machinalement, j'étendis la main pour remettre la poupée exactement à la place où je l'avais trouvée, deux heures et demie plus tôt ; car, dans l'obscurité, je l'avais posée sensiblement plus à droite…

À l'instant même où ma main allait saisir le jouet, la fenêtre s'ouvrit, brutalement soulevée, et la voix de Pieter Brise-glace me cingla comme un coup de fouet :

— Ne touchez pas !… Les mains en l'air, croisées sur votre tête. Si vous faites l'imbécile, je tire.

J'étais convaincu qu'il le ferait. Il avait vu la poupée et il ne pouvait plus se permettre de jouer les grands seigneurs magnanimes. Si j'essayais de me mettre en travers, il me tuerait sans l'ombre d'une hésitation. Je mis lentement mes mains sur le haut de mon crâne et me tournai vers la fenêtre.

Il n'était pas seul. L'homme que j'avais vu avec lui dans l'entrepôt l'accompagnait. Tous deux pointaient vers moi leurs parabellums favoris.

— Eh bien, remarqua Brise-glace avec un sourire satisfait, je crois que nous sommes arrivés juste à temps.

Il pensait certainement que je venais d'arriver moi-même et que je m'apprêtais à m'emparer de la poupée pour la première fois. C'était exactement ce que j'avais souhaité.

— Allez vous appuyer au mur du fond, ordonna-t-il, sur le bout des doigts…

Je l'interrompis.

— Comme d'habitude ?

— Exactement.

Cela ne ferait jamais que la troisième fois qu'il m'obligerait à prendre cette position. Je fis semblant d'hésiter.

— Vous devriez fermer cette fenêtre, dis-je. Toute la chaleur s'en va.

— Je compte jusqu'à trois, répliqua simplement Brise-glace. Je n'ai pas de temps à perdre.

J'obéis, marchant à reculons jusqu'au mur puis leur tournant le dos, l'extrémité des doigts appuyée sur la cloison, je reculai mes pieds. J'entendis l'un des deux franchir l'appui de la fenêtre, retomber dans la chambre. Je pensais que je devais faire une dernière tentative, désespérée, pour les empêcher de prendre la poupée ; mais il me fallait échouer et ne pas me faire tuer. Deux impératifs en apparence inconciliables.

J'observais ce qui se passait derrière moi par-dessous mon aisselle gauche. Je ne trouvais pas de solution. L'acolyte de Brise-glace, tenant toujours son browning braqué sur moi, prit la poupée de la main gauche et recula jusqu'à la fenêtre. Brise-glace saisit la poupée et la mit aussitôt dans sa poche.

— Je le tue ? questionna l'acolyte en parlant de moi.

— Non, c'est inutile. Assomme-le simplement. Dix minutes d'avance nous suffisent.

Il avait raison, car il n'avait rien d'autre à faire que brûler les films pour, de son point de vue, mettre un terme à cette affaire.

— Vous direz à Mlle Isa Belle que nous lui renverrons sa poupée, me lança-t-il. Nous ne sommes pas des voleurs...

Gentleman jusqu'au bout. Mais je m'en fichais bien. Je réfléchissais. Ils avaient soigneusement évité jusqu'alors de tuer des gens et j'étais à peu près assuré que si je déclenchais la bagarre, maintenant que Brise-glace avait la poupée dans sa poche, celui-ci abandonnerait son complice et se sauverait avec son butin, plutôt que de commettre un meurtre devenu sans objet.

L'acolyte arrivait. Je le vis retourner son arme et la prendre par le canon. Il leva le bras. Plus que deux pas... J'étais prêt. À cet instant précis, la porte s'ouvrit et Marijke apparut, le visage défait. Elle se mit à hurler. Surpris, l'acolyte eut un mouvement vers elle. Je me laissai tomber, rebondis sur le sol en pivotant. Mes jambes repliées se détendirent et je fauchai mon adversaire d'un impeccable ciseau. Il lâcha instinctivement son arme pour essayer de se rattraper sur les mains. Je n'eus qu'à allonger le bras pour m'en emparer. Marijke continuait de hurler. J'abattis le canon du Parabellum sur la nuque de mon antagoniste. Brise-glace n'avait pas réagi. Il avait même disparu comme je l'espérais.

Quelqu'un arrivait derrière Marijke. Je vis un vieil homme à cheveux blancs, en chemise de nuit de finette blanche à broderies rouges, une solide canne à la main. Marijke s'était tue. Elle s'écarta pour laisser passer son père. Je repoussai mon adversaire évanoui pour dégager mes jambes et pris appui sur ma main gauche pour me redresser. Ce fut à ce moment-là que le vieillard leva sa canne sur moi pour m'assommer. Je le vis, mais trop tard et je me trouvai en porte-à-faux, dans l'impossibilité de bouger assez vite. Je reçus le coup derrière la tête.

*

Quand je repris conscience, j'étais étendu sur le lit. Marijke, qui avait enfilé une robe, était assise près de moi et me bassinait les tempes avec un gant de toilette imbibé de vinaigre. Je vis trois policiers en uniforme essayant de refouler le bataillon de vieillards qui avait envahi la pièce. Le tapage était infernal et se répercutait douloureusement dans mon crâne endommagé par le coup de canne du père Moreelse.

Marijke s'aperçut que j'étais réveillé. Elle paraissait plus ennuyée qu'hostile.

— Le voleur s'est-il sauvé ? demandai-je.

— Non, répondit-elle. Il est toujours là.

Elle avait tourné la tête et je me soulevai pour regarder dans la direction qu'elle m'indiquait. Une douleur vive se vrilla dans ma nuque et je me laissai retomber sur l'oreiller. Mais j'avais eu le temps de voir les deux jambes de l'homme étendu sur le parquet, à plat ventre.

— Je suis désolée, repris-je, de vous avoir compromise.

Elle haussa les épaules.

— Ne vous tracassez pas pour ça, répliqua-t-elle.

Je compris à son intonation qu'elle ne me jouerait pas de mauvais tour et qu'elle n'avait pas envie de prétendre ne pas me connaître, ce qui m'aurait mis dans un joli pétrin du point de vue de la police.

— Auriez-vous de l'aspirine ?

Elle se leva.

— Je vais en chercher.

La meute des vieillards refluait sous l'action énergique des policiers. Marijke sortit derrière eux et les trois policiers repoussèrent la porte. Je refermai les yeux afin de gagner du temps. Les trois hommes se mirent à discuter, mais ils parlaient vite et je ne comprenais pas ce qu'ils disaient. Deux minutes s'écoulèrent, puis Marijke revint. Je pris quatre comprimés d'aspirine et bus un plein verre d'eau. Quand j'eus terminé, le gradé tendit la main vers moi :

— Montrez-moi vos papiers, s'il vous plaît.

J'avais compris, mais Marijke intervint et leur expliqua que je n'entendais pas le hollandais, seulement l'allemand ou l'anglais. Le gradé répéta sa phrase en allemand.

— J'habite à l'Amstel Hôtel, répondis-je, et j'ai laissé mon passeport à la réception. Nous pouvons y aller ensemble, si vous le désirez… Mais j'ai d'autres papiers, mon permis de conduire, par exemple.

— Montrez.

Je le leur montrai. Marijke, qui me couvait d'un regard de propriétaire, intervint de nouveau :

— Je le connais, c'est un ami.

— Expliquez-moi ce qui s'est passé, demanda le policier en me restituant mon permis de conduire.

— C'est très simple, répliquai-je. Marijke m'avait dit que c'était l'anniversaire de sa mère et que cela lui ferait plaisir si je pouvais passer, même très tard, car elle pensait que la fête se prolongerait… Je ne me suis pas très bien rendu compte de l'heure, évidemment, j'étais sorti avec des relations d'affaire… Mais, quand je suis arrivé, Marijke avait allumé la lumière. Elle m'a fait entrer par la fenêtre pour ne pas réveiller ses parents. Nous avons bavardé un moment, puis elle est sortie un instant. C'est alors que ce type a soulevé la fenêtre que j'avais mal refermée et qu'il est entré en me menaçant avec un énorme automatique…

Je terminai en me rapprochant de plus en plus de la vérité : le retour de Marijke, la surprise de l'homme dont j'avais profité, l'intervention inattendue du père Moreelse qui m'avait assommé, ne sachant pas qui j'étais.

— C'est bien comme ça que ça s'est passé ? s'enquit le policier en regardant Marijke.

Une seconde d'inquiétude.

— Exactement, affirma la jeune femme.

Je l'aurais embrassée, et même plus. Le policier me demanda poliment :

— Êtes-vous en état de venir avec nous au poste pour faire et signer votre déposition ?

— Certainement, dis-je. À condition de ne pas trop me bousculer.

*

Il était exactement 7 h 30 lorsque je rangeai la Fiat sur le terre-plein devant l'hôtel Amstel. J'étais épuisé, mais content. Pas un seul instant les policiers ne m'avaient soupçonné de leur avoir caché quelque chose et l'idée ne leur était même pas venue de me faire vider mes poches. Ce qui prouve bien que la confiance est une très belle chose. Vraiment !

Mon crâne était encore douloureux, malgré l'aspirine, et je tenais la tête bien droite, n'osant pas la bouger, ce qui me donnait un air légèrement constipé. Le concierge de nuit me demanda si je n'avais pas eu trop d'ennuis. Il avait fait, bien entendu, le maximum pour convaincre les policiers qui lui avaient téléphoné à mon sujet que je n'étais pas un vagabond. Je le remerciai avec un pourboire substantiel.

— Votre... secrétaire est rentrée hier soir avec une amie, ajouta-t-il. Elle a pris la clé, bien entendu. Voulez-vous que je vous accompagne avec un passe...

— Volontiers.

Il m'accompagna. Visiblement, il me prenait pour un joyeux fêtard et pensait que je tenais une sacrée cuite. Il m'ouvrit la porte de l'appartement et me souhaita une bonne nuit, ce qui était pour le moins singulier puisque le jour se levait.

J'allumai dans l'entrée, ouvris la porte de la chambre. Les deux lits étaient occupés, Isa Belle dormant dans le mien. Je me déshabillai sans bruit et me glissai dans les draps. Isa Belle se réveilla.

— C'est moi, dis-je, ne t'inquiète pas.

Elle vit que le jour filtrait à travers les rideaux et s'indigna :

— C'est à cette heure-ci que tu rentres ?

— Tais-toi, ripostai-je. Ne joue pas les emmerdeuses...

Elle me tourna le dos, vexée. Je m'étirai voluptueusement. Je pensais avec une grande satisfaction que les doubles des photocopies du rapport officiel sur les grandes manœuvres de l'Armée soviétique devaient en ce moment même s'envoler à destination de Washington sous le couvert de la valise diplomatique. J'étais convaincu que l'affaire était finie, bien finie.

Je me trompais lourdement.

12

Il était 17 heures après-midi lorsque je déposai Isa Belle avec ses trois valises devant la pension. Pulchérie avait pris un taxi pour se faire conduire au bureau central de la police afin d'essayer de récupérer sa 2 CV.

— Attends-moi, dis-je. Je vais ranger la voiture.

Je mis la Fiat sur le quai, à l'endroit même d'où j'avais précipité, la veille, la seconde Mercedes de mes adversaires au fond de l'Amstel. Je ne pus m'empêcher d'y jeter un coup d'œil, mais je ne vis rien.

Je rejoignis Isa Belle qui m'attendait en battant la semelle car il faisait un froid terrible. Elle ouvrit la porte et voulut prendre une valise.

— Laisse, dis-je galamment, je ferai deux voyages.

En fait, je fus obligé d'en faire trois, car il était tout à fait impossible avec deux valises d'escalader cet escalier, aussi raide qu'une échelle de meunier, sans risquer de se rompre les os.

Sur le palier, Isa Belle discutait avec une femme entre deux âges que je n'avais jamais vue et qui semblait bouleversée. Lorsque j'eus hissé la dernière valise, Isa Belle se retourna vers moi, très pâle.

— Mme Van Brekelen est morte la nuit dernière, m'annonça-t-elle.

— Qui est Mme Van Brekelen ? demandai-je.

— La propriétaire… Madame est sa sœur.

Nous nous saluâmes.

— Comment est-ce arrivé ?

— On l'a trouvée ce matin en bas de l'escalier, la colonne vertébrale brisée. Elle a dû manquer une marche et rouler jusqu'en bas… Moi, j'ai toujours pensé qu'il y avait de quoi se tuer dans cet escalier.

J'étais intrigué. Ces escaliers qui nous paraissent si dangereux ne l'étaient pas vraiment pour les Amstellodamois qui les pratiquaient depuis plusieurs générations. Par ailleurs, cette femme ne s'était pas engagée dans cet escalier sans raison… Mais j'étais peut-être trop soupçonneux. Quelqu'un avait pu laisser la porte ouverte et la tempête avait pu faire battre cette porte. Cela n'était pas impossible.

Nous portâmes les valises dans la chambre d'Isa Belle.

— Qu'est-ce que tu fais, maintenant ? demanda-t-elle.

Je devais aller au consulat, m'occuper de mon retour.

— J'ai des courses à faire.

Elle semblait déprimée. Sans doute avait-elle deviné que nous passions nos dernières minutes ensemble.

— As-tu le temps de…

On frappait à la porte.

— Entrez, dit-elle.

C'était la sœur de feu la propriétaire, un paquet à la main.

— Ce doit être pour vous. Quelqu'un l'a apporté au début de l'après-midi.

— Merci…

La femme ressortit, refermant la porte. Isa Belle défit le paquet, en sortit une poupée gigogne.

— Mais c'est ma poupée ! s'exclama-t-elle.

Elle regarda le papier d'emballage, espérant naïvement y trouver une adresse d'expéditeur. Je me souvins de ce que m'avait dit Brise-glace, *alias* Pieter. Il avait tenu parole. Isa Belle posa la poupée sur la table, puis le papier.

— J'allais te demander si tu as le temps de prendre une tasse de thé avec moi…

Je lui devais bien ça.

— Certainement.

Elle marcha vers la porte.

— Je vais faire bouillir de l'eau à la cuisine. Tu m'attends là ?

J'acquiesçai d'un signe de tête. Elle sortit. Quelques secondes plus tard, l'idée me vint d'aller acheter des gâteaux. La clé n'était pas sur la porte et j'ignorais si Isa Belle l'avait sur elle. À tout hasard, je laissai ouvert.

Sur le trottoir, je vis Marijke Moreelse qui descendait d'un taxi.

— Vous veniez me voir ? C'est gentil.

Je sortis un billet de ma poche et le donnai au chauffeur qui redémarra aussitôt.

— Je vais faire une course et je reviens, dis-je. J'ai une dette envers vous et je ne l'oublie pas…

— Bien, répondit-elle. Je vous attends là-haut.

Elle me fit un clin d'œil canaille et je compris qu'une somme d'argent ne suffirait pas à m'acquitter envers elle. À Dieu vat ! pensai-je en m'éloignant.

Il y avait une pâtisserie tout près de là. J'étais en train de payer lorsque le bruit d'une explosion nous parvint, faisant trembler les vitres.

— Encore un avion qui passe le mur du son, dit la pâtissière.

Je repartis. Il y avait un attroupement dans la ruelle. Je compris que les gens avaient l'impression que l'explosion s'était produite dans l'une des maisons voisines. J'entrai dans la pension, refermai la porte. Une odeur caractéristique me prit à la gorge. Je grimpai les escaliers quatre à quatre, au risque de me rompre le cou.

Il y avait beaucoup de dégâts dans le couloir. La gorge serrée, une boule d'angoisse sur l'estomac, j'enjambai les gravats. Le mobilier de la chambre était en miettes, mais je n'y prêtai aucune attention. J'étais fasciné par les deux corps affreusement déchiquetés... Isa Belle et Marijke, très sûrement.

Que pouvais-je faire ? Quelles explications pourrais-je donner à la police ? J'entendis le bruit d'une chasse d'eau, puis ceux d'une porte ouverte et refermée. Je me retournai et vis déboucher au coin du couloir une Isa Belle mortellement pâle et qui s'essuyait les lèvres avec un mouchoir.

Je la rejoignis en trois bonds.

— Que s'est-il passé ? questionnai-je.

— Je n'en sais rien, balbutia-t-elle. J'ai entendu l'explosion, je suis venue voir et quand... et quand j'ai vu... ça m'a tourné le cœur.

Elle se frottait l'estomac de façon éloquente. J'avais recouvré tout mon sang-froid et je réfléchissais vite. Les victimes devaient être Marijke et la sœur de la propriétaire défunte. Marijke avait dû apercevoir la poupée sur la table de la chambre d'Isa Belle, par la porte que j'avais laissée ouverte. Elle était entrée, suivie de l'autre femme qui devait lui raconter l'accident. Marijke avait dû prendre la poupée, essayer de l'ouvrir... Et elle était morte à la place d'Isa Belle.

Car je ne voyais aucune autre explication. La poupée devait être bourrée d'un explosif très puissant et il ne pouvait s'agir que d'une abominable vengeance des services de renseignement soviétiques.

Ma décision fut immédiatement prise. Il n'y avait sûrement personne d'autre dans la pension, car nous l'aurions déjà su. Je pris le bras d'Isa Belle.

– C'est toi qui étais visée, dis-je. Si tu tiens à la vie, suis-moi et obéis-moi aveuglément.

Nous descendîmes l'escalier. Elle se déplaçait comme un automate. J'ouvris la porte. Les gens étaient toujours nombreux dans la ruelle. Je compris que l'un de nous demandait si c'était « chez nous » que quelque chose avait sauté. Je secouai négativement la tête et entraînai Isa Belle en direction de la Fiat…

Épilogue

Le patron s'énervait.

— Je ne comprends pas vos réticences, me reprocha-t-il. Ils ont simplement torturé la propriétaire de la pension pour obtenir d'elle l'adresse des Moreelse, puis ils lui ont cassé les reins et l'ont précipitée du haut de l'escalier pour faire croire à un accident. Quant à la poupée bourrée d'explosifs, c'était tout simplement pour se venger de cette Isa Belle qui leur avait donné tant de souci. Non, croyez-moi, Hubert, tout va très bien. Nous avons la copie de ce fameux rapport et ils ne savent pas que nous l'avons. Vous avez réussi là une des plus belles affaires de renseignement de l'après-guerre. Vous pouvez en être fier, mon cher Hubert.

Mais je pensais encore à celui que je continuais d'appeler Brise-glace et je refusais de croire qu'il ait été capable d'une aussi abominable vengeance. Et puis il y avait autre chose…

— Laissez-moi tout vous expliquer, dis-je au patron, L'adversaire a commis une erreur, une toute petite erreur, mais qui me paraît lourde de signification. Lorsque je suis tombé pour la seconde fois entre leurs mains, dans cet entrepôt, il m'a dit : « Je savais que vous habitiez l'Amstel Hotel et dès hier soir j'ai fait installer une bretelle sur la ligne téléphonique de votre chambre. C'est ainsi que nous vous avons entendu appeler Mlle Maubrou pour lui demander de vous apporter la poupée. »

— Et alors ? s'étonna le patron.

Je fis quelques pas jusqu'à la fenêtre et regardai le ciel. De lourds nuages couraient sur Washington, des nuages chargés de neige. Je revins vers mon interlocuteur.

— Et alors ? Et bien, au moment où l'adversaire prétendait avoir installé cette bretelle sur ma ligne téléphonique, je n'habitais pas à l'Amstel et j'ignorais totalement que j'irais y loger… le lendemain matin.

— Comment expliquez-vous cela ?

Il était intrigué, tout de même…

— La veille, alors que je venais de prendre contact avec les deux Françaises, l'une d'elles m'avait demandé où j'habitais et j'avais répondu : à l'Amstel, parce que c'était le seul hôtel d'Amsterdam dont je connaissais le nom. Lorsque l'adversaire a interrogé Pulchérie, je veux dire Mlle Maubrou, à mon sujet, elle a dû affirmer de bonne foi que j'avais une chambre à l'Amstel. Et l'adversaire a pris cela pour de l'argent comptant.

— Je ne vois toujours pas où vous voulez en venir…

— Je veux en venir à ceci : c'est que ce n'est pas par une écoute téléphonique que l'adversaire a su que le document pouvait se trouver dans une poupée gigogne et que cette poupée devait être en possession de Mlle Maubrou, *alias* Pulchérie. Et s'il ne l'a pas appris de cette façon, c'est qu'il le savait avant.

Le patron n'était pas dans un bon jour. Il ne comprenait toujours pas.

— Qui, alors, le lui aurait appris ?

— Peut-être bien personne.

Il fronça les sourcils, attendit la suite.

— Les Russes sont loin d'être des imbéciles, repris-je. Ils savaient que nous ferions l'impossible pour nous procurer un double du rapport officiel sur leurs dernières grandes manœuvres. Ils ont pu imaginer de nous procurer eux-mêmes ce que nous désirions, avec une mise en scène suffisamment habile pour nous y faire croire. Ils feraient ainsi coup double, c'est-à-dire qu'en possession d'une copie nous nous tiendrions tranquilles et que nous bâtirions ensuite toute une stratégie nouvelle sur des données fausses, car le rapport qui nous serait offert ne pourrait qu'être *fabriqué* à notre intention…

Le patron leva les bras au ciel.

— Vous avez trop d'imagination, mon vieux.

— Ainsi, enchaînai-je imperturbablement, nous pourrions supposer que toute cette affaire est un coup monté, que la propriétaire de la pension a été achetée par l'adversaire pour me remettre en piste en me donnant l'adresse des Moreelse, puis assassinée pour l'empêcher de me raconter cela contre un peu plus d'argent, et que l'attentat dirigé contre Isa Belle n'était pas une vengeance mais une simple précaution…

— Vous la soupçonnez d'avoir trempé dans…

— Non, je ne la soupçonne pas.

— De toute façon, reprit le patron, vous n'avez aucune preuve de ce que vous avancez. Alors ?

— Cette preuve, pour ou contre, je crois que nous pouvons l'obtenir sans plus tarder. Pouvez-vous demander au service du personnel de nous apporter une photographie de Bill…

Il le fit. Il n'était pas encore inquiet et il lui tardait simplement de me clouer le bec.

— Si mon hypothèse correspond à la réalité, ce n'est sûrement pas Bill qu'Isa Belle a connu à Leningrad, mais un agent russe qui se serait fait passer pour Bill. Vous comprendriez alors que l'attentat contre Isa Belle n'aurait pas été une vengeance, mais une précaution élémentaire pour éviter que l'un de nous pût lui poser la question que nous allons précisément lui poser…

Quelques minutes plus tard, un employé nous apporta le dossier de Bill.

— En fait, fis-je remarquer, nous ignorons à quelle date exactement Bill est tombé entre les mains du contre-espionnage soviétique. Nous avons cru qu'il était encore libre le jour où cette fameuse carte postale a été expédiée, mais il a pu l'écrire sous la contrainte…

Le patron appuya sur un bouton de l'interphone.

— Amenez-moi Mlle Fournier, ordonna-t-il.

Il posa devant lui quelques photos de Bill Isa Belle entra, un peu intimidée.

— Venez ici, dit le patron. Regardez ces photographies… Connaissez-vous cet homme ?

Mon cœur battait fort et je retenais mon souffle. Isa Belle se pencha, examina longuement les photographies, puis secoua négativement la tête en se redressant.

— Non, assura-t-elle, je ne le connais pas.

Le patron avait pâli.

— Vous ne reconnaissez pas Bill ? demanda-t-il d'une voix altérée.

Elle le regarda, étonnée.

— Bill, répéta-t-elle. L'homme que j'ai connu à Leningrad et qui m'a fait cadeau de cette fameuse poupée ?

Le patron devenait verdâtre.
— Oui, murmura-t-il.
Isa Belle éclata de rire.
— Vous plaisantez ! s'exclama-t-elle.

DU MÊME AUTEUR
AUX ÉDITIONS ARCHIPOCHE

ATOUT CŒUR À TOKYO

Pas de repos pour OSS 117 !

Hubert Bonisseur de la Bath s'était accordé quelques jours de repos bien mérités dans la capitale japonaise. Mais une affaire de chantage dont est l'objet l'une des secrétaires de l'antenne locale de la CIA éveille son intérêt. À plus d'un titre…
L'idée de jouer le mari de la jeune dame n'est pas pour déplaire à notre séduisant agent secret. Mais un Nippon bien nippé va lui donner du fil à retordre…

ISBN 978-2-37735-510-5 / IF 742074-2009 / 224 pages / 6 €

GACHIS À KARACHI

OSS 117 a du fil à retordre !

La nouvelle mission confiée à Hubert Bonisseur de la Bath ne s'annonce pas de tout repos. Il doit partir à la recherche de sa « tante », Mary MacBean, disparue à Karachi avec des microphotographies qu'elle essayait de négocier.
Par une chaleur écrasante, de ville en ville, l'agent se lance à sa poursuite. On ne lui facilite pas la tâche. Un serpent se glisse dans son lit, un camion tente de l'écraser, des policiers découvrent tout un arsenal dans sa valise. Pour OSS 117, ça se tend au Pakistan…

ISBN 978-2-37735-509-9 / IF 742067-2009 / 192 pages / 6 €

OSS 117 PREND LE MAQUIS

Ça se corse pour OSS 117 !

Informé que les Russes installent en divers points du globe des bases ultrasecrètes dans des grottes sous-marines, le chef du service action de la CIA envoie son agent OSS 117 sur l'île de Beauté, où vient de disparaître un homme-grenouille surentraîné.
Mais tout se corse. Pour avoir oublié, dans le feu de l'action, que son Beretta ne contenait que huit balles au lieu des dix de son J. C. Higgins resté dans l'autre poche, Hubert Bonisseur de la Bath a failli perdre la vie… mais aussi Brigitta, pour qui il éprouve une immense tendresse.

ISBN 978-2-37735-511-2 / IF 742075-2009 / 192 pages / 6 €

Cet ouvrage a été composé
par Facompo

Impression réalisée par
CPI France
en août 2020
pour le compte des Éditions Archipoche

IMPRIM'VERT®
Votre imprimeur agit pour l'environnement

Imprimé en France
N° d'édition : 512
N° d'impression : 3039324
Dépôt légal : septembre 2020